ALICE AND
THE GRIMOIRE

アリーチェと魔法の書

長谷川まりる

松井あやか〈絵〉

静山社

アリーチェと魔法の書　目次

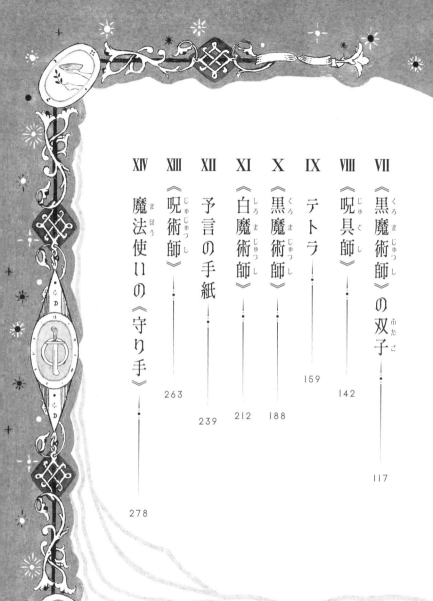

アリーチェと魔《ま》法《ほう》の書

I 《守り手の一族》

私《わたし》の家には魔法《まほう》使いがやって来る。

うちは、どこの町にもひとつはあるような、家族経営《けいえい》の小さな本屋だ。

でも、日が落ちて黄色い月が夜空に浮《う》かぶと、様子は変わる。本屋をしめたあと、ドアをたたいてやって来る人は、本を買いに来るお客さんとはちがう。うちで保管《ほかん》している特別な《本》を読みに来た、正真正銘《しょうしんしょうめい》の魔法《まほう》使いだ。

魔法《まほう》使いは、だれもかれも身ぎれいで上品で、とても礼儀《れいぎ》正しい。

彼《かれ》らは夜半にたずねてきた非礼《ひれい》をわびて、私《わたし》のおばあちゃんに会いに来たことを告《つ》げる。家の者が招《まね》き入れるまで、決して家の敷居《しきい》をまたがない。そうして、用をすませるとていねいにお礼を言って、優雅《ゆうが》に帰っていく。

私《わたし》はそんな彼《かれ》らを遠巻《とおま》きにながめて、ときどきはあいさつした。

BOOKS

みんな、私《わたし》を紹介《しょうかい》されるとうれしそうに名乗り返して、にっこり笑いかけてくれた。

あれは、私《わたし》がまだ六歳《さい》だったときのこと。

ある朝、私《わたし》の髪《かみ》にブラシを当てていたお母さんに「魔法《まほう》使いって、みんなとってもすてきだよね」と言ったら、お母さんはちょっと手を止めた。そうして、朝ごはんを食べている私《わたし》の横にしゃがみこんで私《わたし》の手を取り、まっすぐに目を見てこう言った。

「アリーチェ、きいて。おばあちゃんに会いに来る魔法《まほう》使いがみんなやさしくて礼儀《れいぎ》正しいのは、うちに《本》があるからなの。魔法《まほう》使いはうちの家族には特別やさしくしてくれる。でもそれは、うちの家族に気に入られたいからなのよ。どんなにいい人に見えても、気を許《ゆる》してはダメ。彼《かれ》らは、やろうと思えば町ひとつ簡単《かんたん》に消し去ることができるの。本当はおそろしい人たちだってことを忘《わす》れないで」

お母さんもお父さんも、魔法《まほう》使いを信じてはダメだって言う。

おばあちゃんは、魔法《まほう》使いは悪い人ばかりじゃないよ、と言う。魔法《まほう》使いはうちの家を守ってくれているんだから、感謝《かんしゃ》と尊敬《そんけい》を忘《わす》れてはいけないよ、って。

でも、やっぱり一線は引きなさい、とも言う。家に招《まね》き入れてもいいけれど、友だちになってはいけない。魔法《まほう》使いのだれかひとりと特別に仲良くしてはいけないよ。

でも私《わたし》は、魔法《まほう》使いと仲良くなりたくて仕方なかった。

だって、もしも魔法《まほう》使いと仲良くなれたら、魔法《まほう》を教えてもらえるかもしれない。魔法《まほう》を使えるようになったら、私《わたし》も魔法《まほう》使いになれるってことでしょう?

だから私《わたし》は、ある日うちにたずねてきた魔法《まほう》使いに、うっかり言ってしまったんだ。

「私《わたし》に魔法《まほう》を教えてくれない?」って。

その魔法《まほう》使いは、若《わか》い男の人だった。

ううん、正確《せいかく》に言うと、《若《わか》く見える》男の人だった。

背《せ》が高くて、派手《はで》な柄《がら》のスーツをぴったり着こなして、だれが見ても「かっこいい」と言いそうな人だ。おじいちゃんみたいな小さくて丸い黒めがねを鼻の頭にのせているけれど、それすらもすてきに見えてしまう。赤いピアスをつけて、紫色《むらさきいろ》のステッキを持っていて、感じのいい笑顔《えがお》を浮《う》かべていて、思わず笑ってしまうような冗談《じょうだん》を飛ばす、面白《おもしろ》い人だった。

だからうっかり油断《ゆだん》した。

我《わ》が家には特別な小部屋がある。魔法《まほう》使いが来たときに最初に通す部屋だ。棚《たな》にたくさんの本やお守りがならべられていて、凝《こ》った柄《がら》のじゅうたんが敷《し》かれ、木彫《きぼ》りのテーブルの真ん中には大きなろうそくが置かれてあって、魔法《まほう》使いが来ているあいだ火を灯《とも》す。部屋を明るくするために、ほかにも何本か棚《たな》の上にろうそくを置くけれど、電灯はひとつも置かない。

その人はその小部屋のテーブルについて、おばあちゃんが来るのを待っていた。足を組み、ひざを軽くつかんで、指をとんとんたたいていた。

私《わたし》があけっぱなしのドアからこっそりのぞくと、その人はお母さんが出したビスケットのお皿に手を伸《の》ばして、ぱくりと食べた――はずなのに、ビスケットは手から消えて、男の人は空を噛《か》んでいた。おや？　と不思議そうに首をかしげて、またテーブルの上のビスケットに手を伸《の》ばし、口へ持っていくけれど、ぎりぎりのところでビスケットが消えてしまう。

それを何度かくり返すのを、私《わたし》はくすくす笑って見ていた。

「おや、おどろいた。かわいいお嬢《じょう》さんにかっこ悪いところを見られたな」

その人は、はじめて私《わたし》に気づいたようなふりをしたけれど、ぜったいに最初からわかっていて、そのショーをはじめたに決まってる。

「いまの、手品でしょ。魔法《まほう》じゃなくて」

私《わたし》がくすくすしながら言うと、男の人は目を丸くしてぱちぱちとまばたきした。

「これはすごい。かわいいだけじゃなく、賢《かしこ》いお嬢《じょう》さんだ。手品と魔法《まほう》のちがいを見分けられる非魔法族《ひまほうぞく》は多くないぜ」

私《わたし》はくっくっくと笑いをこらえた。

男の人が、すわったままビスケットを私《わたし》に差し出したので、ふるふると首をふる。

「魔法《まほう》使いからはなにももらっちゃいけないって、お母さんが言ってた」

「これはきみのお母さんがおれに出してくれたビスケットだよ。それでもダメ？」

「ごめんなさい」

「いいや、賢明《けんめい》だ。むしろ安心したよ。さすが《守り手の一族》だね」

男の人は私《わたし》に差し向けたビスケットを自分の口に入れて、今度は本当にぱくぱく食べた。

私《わたし》はスカートのしわを伸《の》ばして、もじもじしながら「あのね」と言った。

「私《わたし》に魔法《まほう》を教えてくれない？」

ごくん、とビスケットを食べ終えた男の人は、指の先をなめながらにっこりと私《わたし》を観察していた。まるで、かわいい子猫《こねこ》をながめるみたいに。

「魔法《まほう》を覚えたいなら、《本》をひらけばいい」

男の人はゆっくりと言った。

「そして読むんだ。ちなみに、字はもう覚えたのかな？」

「読めるよ。ちょっとずつだけど」

「すばらしい。ぜひ、すらすらと読めるようになってくれたまえ」

「でも、魔法《まほう》の《本》を読めるのは、魔法《まほう》使いだけなんでしょ」

私《わたし》はスカートをいじりながら不満げに言った。

「だから、読める人が直接《ちょくせつ》教えてくれなきゃ、覚えられないと思う」

「なるほど。きみは魔法《まほう》使いになりたいんだね？　アリーチェ」

にっこりと男の人が笑う。

部屋のろうそくが揺《ゆ》らいだ気がした。すきま風が入ったのかもしれない、と、そのときは思った。部屋全体の影《かげ》が揺《ゆ》れて、男の人の影《かげ》が動いて見えた。まるで、影《かげ》が私《わたし》のほうへ手を伸《の》ばそうとしているみたいに。

「うん。私《わたし》、魔法《まほう》使いになりたいな」

私《わたし》が答えると、男の人は笑顔《えがお》を深めた。

口のはしとはしが両側に持ちあがって、目よりも上に伸《の》びていくかと思った。

「おれはきみを歓迎《かんげい》するよ。きみが本当に魔法《まほう》使いになりたいのなら、おれの《一部》を喜《よろこ》んできみに捧《ささ》げよう。そうすれば、おれたちは名実ともに家族になれる」

　私《わたし》は目をぱちくりさせた。

　部屋がさっきよりもうす暗くなっていることに気がついた。部屋を照らしていたろうそくが消えかかっているんだろうか。お母さんを呼《よ》んで、ろうそくを取り替《か》えてもらうべき？

　でも、男の人から目を離《はな》せない。小さな黒めがねの奥《おく》の目が、ぼんやりとにごっている。

　そこではじめて、この人は目が見えないんだ、と気がついた。

「えっと。家族なら、もういるよ。お母さんとお父さんと、おばあちゃん」

「《守り手の一族》にいるうちは、きみは決して魔法《まほう》使いにはなれない。昔からそう決まってる。くそったれなルールのせいでね」

　男の人がにこりと笑ったまま言う。

「だから、うちの子にならないか。おれの家族はみんなきみを歓迎《かんげい》するよ。きっと楽しい。どうだい、アリーチェ？　興味《きょうみ》はあるかな？」

「えっと……私《わたし》は……」

　そのときだ。

「離《はな》れて、アリーチェ！」

ばちっと音がして、部屋が明るくなった。

ろうそくの火が、とつぜん輝《かがや》きを取り戻《もど》したみたいだった。

催眠《さいみん》が解《と》かれたように、はっと気がついたときには、お母さんが私《わたし》を抱《だ》きすくめて部屋から離《はな》れようとしていた。おばあちゃんが目をいからせて男の人に詰《つ》め寄《よ》り、お父さんがその横で腕《うで》まくりをしている。

対する男の人は、にこにこしながら両手を「どうどう」というふうにあげていた。さっきまで大きく見えていた彼《かれ》の影《かげ》が、小さく、壁《かべ》に縮《ちぢ》こまっているように見えた。

お母さんにかかえられて部屋を出て行く私《わたし》の耳に、男の人が笑って言うのがきこえた。

「落ち着けって。本気で《契約《けいやく》》なんかしないさ。あの子はまだ五歳《さい》だろ？」

五歳《さい》じゃなくて六歳《さい》だもん、と、不満げに思ったことを覚えてる。

あとで、魔法《まほう》使いとふたりきりになってはダメだと、さんざんしかられた。

とくに、にこにこした、うさんくさい黒めがねの男の人には。

「あの男は魔法《まほう》使いのなかでもいちばん信用できないの。あいつは《黒魔術師《くろまじゅつし》》なのよ、アリーチェ！」

お母さんは本気で怒《おこ》っていた。

私《わたし》にだけじゃなく、魔法《まほう》使いにも、この家にも、おばあちゃんにさえ怒《おこ》っていた。

「だからこんな家、いやなのよ！　先祖《せんぞ》代々の伝統《でんとう》だかなんだか知らないけど、私《わたし》はぜんぜん誇《ほこ》れないわ。うちのなかに《黒魔術師《くろまじゅつし》》を招《まね》き入れるなんて、どうかしてる。いい、アリーチェ。魔法《まほう》使いを信じちゃダメ。なにを言われても、すべてきき流すの。あなたはさっき、本当に危険《きけん》な状態《じょうたい》だったのよ。あの男に、魂《たましい》を取られていたかもしれない！」

あんまりお母さんがしかるから、私《わたし》は思わず泣いてしまった。お母さんは「ああ、ごめんねアリーチェ」と言って、私《わたし》が泣き疲《つか》れて眠《ねむ》るまで、ずっと抱《だ》きしめてくれた。

男の人が帰っていったあとで、おばあちゃんとお母さんとお父さんの三人で話し合いがあったらしい。つぎの日の午後、おばあちゃんが私《わたし》を裏庭《うらにわ》に呼《よ》んだ。

うちの広い裏庭《うらにわ》には、家族と魔法《まほう》使いしか立ち入れない。

花壇《かだん》には種類雑多《ざった》な薬草が、奥《おく》まったところには本物の小さな泉《いずみ》がある。まわりは古いレンガの壁《かべ》でかこわれていて、庭全体が魔法《まほう》で何重にも守られていた。世界中の魔法《まほう》使いたちがかけた、私《わたし》たちを守るための特別な魔法《まほう》だ。

「あんたのお父さんが、あんただけでもこの家から引っ越《こ》しさせたほうがいいんじゃないかって言うんだよ。せめて十三歳《さい》になるまで、親戚《しんせき》の家か、寮《りょう》のある学校へ行かせるべきだってね。もしかしたら、そのほうがいいのかもしれない。アリーチェはどう思う？　魔《ま》法《ほう》使いが来る家には、いたくないかい？」

私《わたし》は首をふった。

まだ、ゆうべの出来事がぴんときていなかったせいもある。そんなに危険《きけん》な目に遭《あ》ったという感覚がなかった。まだたったの六歳《さい》で、よくわかっていなかったというのもあるし、あの男の人は、親切でやさしそうに見えたから。

まあ、《黒魔術師《くろまじゅつし》》はみんなそう見えるらしいけれど。

黒魔術《くろまじゅつ》は、人間の魂《たましい》を削《けず》り取って魔法《まほう》に換《か》える。だから《黒魔術師《くろまじゅつし》》は無害そうな顔で近づいてきて《契約《けいやく》》を結ばせ、相手の魂《たましい》を取りあげてしまうのだ。自分の魔法《まほう》のエネルギーにするために。黒魔術《くろまじゅつ》は、魔法《まほう》のなかでもいちばん危険《きけん》で、邪悪《じゃあく》な魔法《まほう》だと言われている。

でも私《わたし》は小さかったから、そのときはこう答えた。

「私《わたし》、魔法《まほう》使いが好きだから、ここにいたい」

「そうかい。おばあちゃんも魔法《まほう》使いが好きだよ」

「ほんとに？」

「もちろん。なんでちがうと思うの？」

私《わたし》とおばあちゃんは庭のベンチに腰《こし》かけていた。

ニワトコのこずえに小鳥がとまって、きれいな声で鳴いていた。

「だって、魔法《まほう》使いとは仲良くなっちゃダメだって、言ってたでしょ」

「好きだけど、友だちにはなれないってだけだよ」

私《わたし》はぷくっとほっぺたをふくらませた。

「好きなのに、友だちにはなれないの？」

「仕方ないんだよ。あたしたちと彼《かれ》らとでは、立場がちがうからね」

私《わたし》は少し考えて、言った。

「それって、私《わたし》たちが魔法《まほう》を使えないからでしょ」

おばあちゃんはこっくりとうなずいた。

「そのとおり。魔法《まほう》を使えないからこそ、魔法《まほう》使いはあたしたちに安心して《本》をあずけていられるんだよ。もしもあたしたちが魔法《まほう》を使えるようになったら、ほかの魔法《まほう》使いはおどろくだろうね。そして、真剣《しんけん》に心配しはじめるだろう」

「どうして？」

そうだねえ、と、おばあちゃんは考えながら話した。

「たとえば、みんなが大好きなお菓子《かし》があるとするね。一日一回、学校の先生がみんなに配ってくれる。先生はお菓子《かし》を缶《かん》に入れていて、毎日決まった数を平等に配る」

「うん」

「でも、もし、先生がクラスのだれかひとりと仲良くしていたらどう思う？　その子だけ家に呼《よ》んだり、自分の子どもみたいに仲良くしたりしていたら？」

「その子にこっそり、ないしょで多くお菓子《かし》をあげてるかも、って思う」

おばあちゃんは、そうだね、とにっこり笑った。

「じゃあ、もしもそのお菓子《かし》の缶《かん》を、先生じゃなくて、だれかひとりの子どもがあずかって、これから毎日みんなにお菓子《かし》を配りますよ、と言ったら？」

「えーっ。それはもっとダメ。だって、その子がひとりでぜんぶ食べちゃうかもしれない」

「そうなんだよ」

おばあちゃんはうなずいた。

「だれかひとりの魔法使《まほう》いが《本》を持っていたら、ほかの魔法使《まほう》いたちはズルが起きるんじゃないかと心配して、それなら自分が《本》を持っていたいと思うだろうね。そして、あっというまにケンカがはじまってしまうんだ。だから《本》は魔法《まほう》の使えない家が代々受け継《つ》いで、たずねてきた魔法《まほう》使いにわけへだてなく見せているのさ。相手が《白魔術《しろまじゅつ》師《し》》だろうと《黒魔術師《くろまじゅつし》》だろうと、関係なくね」

おばあちゃんは、ぎゅっと私《わたし》を抱《だ》きしめた。

「あんたのお母さんは昔から、魔法《まほう》使いがあんまり好きじゃなかった。それで、《守り手》も継《つ》いでくれなかった。でも、あんたはどうだろうね？　おばあちゃんの役目を受け継《つ》いでくれる気はあるかしら」

「お父さんは？　おばあちゃんのあとを継《つ》がないの？」

「あんたのお父さんは、あたしが産んだわけじゃないからね。《守り手》になれるのは一族の血を引いた者だけだよ」

そのとき、お父さんがかわいそうだな、と思った。

お父さんはお母さんと結婚《けっこん》する前から、本が大好きだった。町いちばんの本の虫で、うちの本屋に通いつめたのがきっかけで、お母さんと結婚《けっこん》したくらいだ。お父さんは若《わか》いころに都会の学校に行って、最先端《さいせんたん》の本の造《つく》り方や修復技術《しゅうふくぎじゅつ》を勉強していた。それで、ときどきおばあちゃんに《本》を長持ちさせるための秘訣《ひけつ》を教えている。

でも、正式な《守り手》になるには、血のつながりがいる。

魔法《まほう》使いに血のつながりが必要なのとおなじだ。

私《わたし》は魔法《まほう》使いにはなれない。だけど《守り手》になら、なれる。

「私《わたし》、やる！」

私《わたし》はぴょんと立ちあがって宣言《せんげん》した。

我《わ》が家にやって来る魔法《まほう》使いのなかには、ときどき魔法《まほう》を見せてくれる人もいた。無害で、ただきれいなだけの魔法《まほう》も多かったけれど、私《わたし》が魔法《まほう》に夢中《むちゅう》になるのにはじゅうぶんだった。

私《わたし》はお父さんみたいな本の虫じゃない。でも、魔法《まほう》にかかわる仕事なら喜《よろこ》んでやる。

だって私《わたし》は、魔法《まほう》使いが大好きだから。

おばあちゃんはほっとしたように笑った。

「じゃあ、これから覚えることがたくさんあるね。魔法《まほう》使いのこともちゃんと教える。彼《かれ》らがどんなにすばらしくて、どんなに危険《きけん》なのかをね。でないと、あんたのお母さんとお父さんが心配してしまうから」

「昨日はごめんなさい」

「あやまらないで、かわいいアリーチェ。昨日のことは、目を離《はな》したあたしたち大人が百パーセント悪い。でも、つぎからは気をつけようね」

「うん。わかった！」

おばあちゃんはそれから、《守り手》の仕事を少しずつ教えてくれた。

《守り手》になるために知っておくべき魔法界《まほうかい》の歴史《れきし》やしきたり、それぞれの魔法族《まほうぞく》の関係や正統性《せいとうせい》、魔法《まほう》にできることとできないことのちがいも教わった。

お母さんは、《守り手》を継《つ》ぐと決めた私《わたし》を心配していた。何度も「いやになったら投げ出していいのよ」と私《わたし》に言った。でも、無理にやめさせようとはしなかった。

本当は、引け目を感じていたのかもしれない。おばあちゃんのあとを継《つ》ぐのは私《わたし》じゃなくて、順番からいえばお母さんのはずだった。でも、お母さんはどうしても魔法《まほう》使いが好きになれない。きらいなんじゃなくて、きっとこわいんだと思う。

私《わたし》は、心配しなくていいよって言った。

だって私《わたし》は、自分の意志《いし》でおばあちゃんのあとを継《つ》ぎたいんだから。《守り手》になって、魔法《まほう》使いの手助けをする。それってすごく、すてきなことだ。

私《わたし》はあと少しで十三歳《さい》。

十三歳《さい》になると正式に《守り手》として認《みと》められる。

私《わたし》はまだ、魔法《まほう》使いが好きなままだ。こわい目に遭《あ》ったのはたしかだけれど、おなじくらい、魔法《まほう》使いにあこがれている。だけど、魔法《まほう》使いになりたいとは、もう思わない。

人間は人間にしかなれないし、犬は犬に、猫《ねこ》は猫《ねこ》にしかなれない。魔法《まほう》使いもいっしょだ。生まれつき魔法《まほう》使いの一族に生まれていなければ、魔法《まほう》使いにはなれない。

だけど私《わたし》はかまわない。勝負は配られたカードでいどまなきゃ。ズルをしてほかの手札を手に入れようとしたら、《黒魔術師《くろまじゅつし》》に魂《たましい》を売るはめになるだろう。

それに、私《わたし》は《守り手》だ。これだって、じゅうぶん強い手札。

この世にたった一冊《さつ》しかない魔法《まほう》の《本》を守り、あとの世代につなぐのが私《わたし》の仕事。

とても大切な、名誉《めいよ》ある仕事だ。

Ⅱ 《本》

朝、起きてすぐ、私《わたし》はさけんだ。

「十三歳《さい》だ！」

ずっとこの日を待っていた。

布団《ふとん》をはね飛ばしてベッドを降《お》り、椅子《いす》の背《せ》もたれにかけていたお気に入りのスカートとタートルネックのセーターを着こむ。毛布《もうふ》と布団《ふとん》を重ねてふわりと持ちあげ、さっとベッドメイクすると、笑顔《えがお》をおさえきれないまま一階にかけ下りた。

みんながコーヒーを飲んでいるダイニングキッチンに飛びこんで、両手を天井《てんじょう》に向かってつきあげる。

「十三歳《さい》ーっ！」

「はい、おめでとう。まず顔をあらいなさい」

お母さんがそっけなく言いながら、フライパンのフレンチトーストを裏返《うらがえ》す。お父さんが「おめでとう、アリーチェ！」と言って両手を広げるのを、お母さんが肩《かた》をつかんで引き止めた。

「娘《むすめ》が顔をあらってからにして」

「はいはーい！」

代わりに答え、さっと洗面所《せんめんじょ》に行って、ばしゃばしゃ顔をあらって、ふわふわのタオルに顔をうずめてから鏡に向かってにこっと笑う。こげ茶色の髪《かみ》は今日も完璧《かんぺき》にカールしてる。髪《かみ》とおなじ色の目も、期待できらきらしてる。私《わたし》って、こんなにかわいかったっけ。

お気に入りの服もあいまって、今日の私《わたし》は最高。

すいーっとすべるようにダイニングへ引き返して、お母さんとお父さんにハグをし、カウンターにすわるおばあちゃんのほっぺたにキスをした。

「おばあちゃん！　私《わたし》、十三歳《さい》！」

「おめでとう、アリーチェ。まずは朝ごはんにしようかね」

「アリーチェ、これ運んで」

「はーい」

今日はなにもかもすてき。空は青くて、雲は白い。天気はおだやか、十一月にしてはすごしやすい、暖《あたた》かな小春日和《びより》。裏庭《うらにわ》の四人がけのテーブルには、特別な日にしか使わないテーブルクロスがかけてある。もちろん今日はこのテーブルクロスの出番だ。私《わたし》の十三歳《さい》の誕生日《たんじょうび》は、まちがいなくこの家にとって特別だもん。

おばあちゃんがにっこり笑って、目に涙《なみだ》を浮《う》かべながら私《わたし》を見た。

「誇《ほこ》らしいよ、アリーチェ。いよいよだね」

「うん！」

「さあ、ちゃっちゃと食べて。どうせその儀式《ぎしき》とやらは、月が昇《のぼ》ってからでしょ」

お母さんに急《せ》かされて、私《わたし》はフレンチトーストをほおばり、通学カバンをつかんだ。

「おばあちゃん、お母さん、お父さん、行ってきます！」

スキップしながら学校へ行ったら、友だちに「誕生日《たんじょうび》おめでとう！」と声をかけられた。

私《わたし》にとって今年の誕生日《たんじょうび》は、いつもよりも格別《かくべつ》に特別。だけどみんなはそれを知らない。

ううん、正確《せいかく》に言うと、ひとりをのぞいて。

おなじクラスのオルガは、今日もシンプルな緑のワンピースを着て、頭には紫色《むらさきいろ》のリボンをつけ、教室のすみにすわって本を読んでいた。みんなが私《わたし》におめでとうと言いに来るあいだも、つんとすましして無視《むし》を決めこんでいる。

「前から思ってたけどさ。オルガって、アリーチェに感じ悪くない？」

友だちのひとりが、むっとした顔でひそひそと言ってきた。私《わたし》は「そう？」とごまかし笑いで受け流そうとする。だけど、そうだよ！　とほかの子たちも同意してしまった。

「ほかの子の誕生日《たんじょうび》なら、おめでとうって言いに行くのに。アリーチェって、オルガとケンカでもしてるの？　おたがいに壁《かべ》があるみたい」

「あは。そんなことないよ。むしろ、おたがいに尊敬《そんけい》しすぎてるって感じ？」

「なにそれ」

こまったな。でも、ほんとのことなんだけど。

私《わたし》はあわてて話題を変えて、最近流行《はや》りはじめたラジオの話とか、世界一周ってできると思う？　とか、そんな話をした。私《わたし》のくだらない冗談《じょうだん》にみんなが笑う。私《わたし》って、けっこう人を笑わせるのがうまいみたい。

学校が終わって、わくわくしながら帰るしたくをした。ふと教室を見回すと、オルガはすでにほかの友だちと下校していた。校庭の向こうにオルガのワンピースとリボンが消えていく。

オルガとは、必要最低限《さいていげん》の会話しかしたことがない。

オルガって、本当は私《わたし》のことどう思ってるんだろうって、ときどき思う。あっちも私《わたし》と仲良くしたいと思ってくれているだろうか？　そう思いたいけれど、たしかめられない理由がある。

もどかしく思いつつも気分を変えて、私《わたし》は下校仲間に声をかけた。

友だちとおしゃべりしながら家路をたどる。別れ道で手をふってひとり歩きはじめると、自然と足が軽くなって、走って帰りたい気分になった。でも、町でいちばんおいしいパン屋さんのある十字路にさしかかったところで、知らない男の人に呼《よ》び止められた。

「アリーチェさん？」

見かけないタイプの人だった。たぶん外国の人。

日に焼けた褐色《かっしょく》の肌《はだ》に太いまゆ、体にぴったりと仕立てられた、上品なコート。男の人は懐中時計《かいちゅうどけい》をぱちんととじ、ふところにしまいこんだ。私《わたし》が「はい」と返事をすると、ぱっと顔を輝《かがや》かせる。

「すばらしい、時間ぴったりだ。ああ、すみません。私《わたし》は今日、この日、この時間、この町のこの十字路であなたに手紙をわたすように申しつかった者です」

「……はい？」

男の人は、おどろきますよね、と少し笑った。

「じつは、予言の手紙をあずかっているんです。うちの家では三十年間、あなたへの手紙を保管《ほかん》していました。この手紙をわたすことを条件《じょうけん》に、我《わ》が家が成功するための予言を十年分いただいて。おかげさまで、うちは裕福《ゆうふく》です。これでやっと借りが返せます」

私《わたし》はぽかんとしながら、男の人の差し出す手紙を受け取った。

知らない人からは、ものをもらっちゃいけない。

でも、予言の手紙というのが気になった。

魔法《まほう》使いの一族のなかに、《予言者の一族》がいたときいている。でも、その一族は三十年も前に滅《ほろ》びたはずだ。たしか、魔法《まほう》使い同士《どうし》のいざこざがあったとか、そんな理由で。

今日は私《わたし》の誕生日《たんじょうび》。新しい《守り手》に、魔法《まほう》使いたちが贈《おく》り物を持って儀式《ぎしき》に立ち会いにやって来る。もしかして、滅《ほろ》びたという《予言者の一族》から、私《わたし》への贈《おく》り物が三十年越《ご》しに届《とど》いたってこと？

ありえる話だ。本物の《予言者》なら、三十年前に私《わたし》の十三歳《さい》の誕生日《たんじょうび》もぴったり当てられるってことなんだろう。わお。

ふつうの人なら信じないかもしれないけれど、私《わたし》は《守り手の一族》だから、魔法《まほう》使いならそんなこともできるだろうって、すんなり思える。

「ありがとうございます」

「いえいえ。では、私《わたし》はこれで」

男の人は待たせていた車に乗りこみ、運転手に発進させた。土埃《つちぼこり》をあげて遠ざかっていく車を見送って、色あせた手紙を見おろす。

これ、あけていいのかな。おばあちゃんに見せてから開封《かいふう》するべき?

なにしろ、魔法《まほう》使いを信じてはいけない。手紙にどんな細工がしてあるか。でも、すでに滅《ほろ》んだ《予言者の一族》が、いまさら私《わたし》によくない魔法《まほう》をかける理由はないはず……。

それにしても小さな手紙だ。名刺《めいし》くらいのサイズしかない。赤い蝋《ろう》で封《ふう》がしてあって、《予言者》の紋章《もんしょう》が押《お》してある。その下に筆記体で「アリーチェへ」と書かれている。

封筒《ふうとう》を裏返《うらがえ》すと、端《はし》に文字が書かれていた。

――帰る前に。

どきりとした。

帰る前に、あけて読めってことだ。私《わたし》ひとりで。

そっとあたりをうかがい、道のはしに移動《いどう》して封《ふう》をあけると、カードの手紙が一枚《まい》きり入っていた。きれいな手書きの文字で、こう書かれている。


——なにも見えぬようにふるまいなさい、アリーチェ。あなたに危険《きけん》がせまっている。嵐《あらし》とともに、四つの名を持つ魔女《まじょ》をたずねよ。なすべきことをなせ。


何度も何度も、短い文章を読み返した。ほかになにか書かれてないかと、封筒《ふうとう》のなかもあらためたけれど、なにもなし。手紙を封筒《ふうとう》に入れて、スカートのポケットにつっこんだ。

どきどきする。さっきまで幸せで仕方なかったのに、急に氷水をひっかけられたみたい。

危険《きけん》がせまってるって、なに？

なすべきことって、なんなのよ。

なにもかもが意味不明。私《わたし》がなすべきことは《守り手》になって、その責任《せきにん》をはたすこと。そんなの、《予言者》に言われなくてもわかってる。

わかってるのに……。

どきどきしながらも、家に帰るころには笑顔《えがお》をとりつくろった。

今日はなにしろ、お祝いなんだ。お母さんもお父さんも、夕方には本屋をしめて、私《わたし》の誕生会《たんじょうかい》の準備《じゅんび》をはじめている。家に帰ると、お父さんが台所でケーキを焼いていた。

「アリーチェ、学校はどうだった？」

「みんな誕生日《たんじょうび》をお祝いしてくれたよ」

「それはよかった！　月が昇《のぼ》る前におまえの誕生会《たんじょうかい》をしよう。家族水入らずで」

少しはやい夕食には、私《わたし》の好きなものばかりがならんだ。裏庭《うらにわ》のテーブルにろうそくを灯《とも》して、みんなで食卓《しょくたく》をかこんだ。チーズたっぷりのラザニアにミネストローネ、ガーリックトースト、食事のあとはケーキとプディング。お母さんは「ちょっとだけよ」と言って、柑橘系《かんきつけい》の食後酒をなめさせてくれた。

みんなが私《わたし》を一人前の大人みたいにあつかってくれた。

十三歳《さい》って、最高かも。

「さあ。そろそろ、儀式《ぎしき》の準備《じゅんび》をしよう」

おばあちゃんが言って、私《わたし》を招《まね》き寄《よ》せた。私《わたし》がついて行こうとすると、お母さんが私《わたし》の肩《かた》に手をかけた。目に涙《なみだ》がたまってる。

私《わたし》のことが誇《ほこ》らしい？

それとも、自分とはちがう人生を選んだ娘《むすめ》に、失望してる？

「がんばって、アリーチェ」

「うん」

私《わたし》はおばあちゃんといっしょに、《本》の部屋に向かった。

《本》の部屋は、家の真ん中に位置している。ぜんぶの壁《かべ》に本がぎっしり詰《つ》まっているけれど、どれもお店にはならべられないような、古くて価値《かち》のある本ばかりだ。でも、本当に価値《かち》のある本は、真ん中に置かれた背《せ》の低いキャビネット棚《だな》にしまいこまれている。

このキャビネット棚《だな》をあけられるのは《守り手》だけだ。ほかの非魔法族《ひまほうぞく》や魔法《まほう》使いが手を触《ふ》れようとしても、幽霊《ゆうれい》みたいにすりぬけてしまう。だから、なかに入っている《本》は取り出せない。

私《わたし》も昨日までは、この棚《たな》に触《ふ》れることさえできなかった。

「《本》には、強い魔法《まほう》がかけられている」

おばあちゃんはそう言いながら、ゆっくりと決められた手順でキャビネット棚《だな》をあけていった。こちらの真鍮飾《しんちゅうかざ》りを押《お》しこみ、決まった角度でカギを回し、こちらの取っ手を引っぱり……複雑《ふくざつ》な手順を踏《ふ》まなければ、このキャビネット棚《だな》はあけられない。

「《本》にはこの世のすべての魔法《まほう》が書かれている。すべてだよ、アリーチェ。なにもかもが詰《つ》まっているんだ。でも、《本》に書かれた文字をすべて読むことのできる者はいない。自分にあつかえる魔法《まほう》の知識《ちしき》のみが、虫食いのように読み取れるだけだ。千ページあるこの《本》を、どんなに強い魔法《まほう》使いでも十ページぶんほどしか読めないと言われている」

しかも、《本》で学んだ魔法《まほう》は、人に教えることができない。

何度も何度もおばあちゃんからきいた話だ。

私《わたし》もいつか、自分の子どもに《守り手》を継《つ》いでもらうとき、この話をしなくちゃならない。だからおばあちゃんは私《わたし》がまちがって覚えないように、くり返しこの話をする。

「魔法《まほう》は《本》からしか学ぶことができない。《本》で知った魔法《まほう》の呪文《じゅもん》を書き写そうとしても、ペンはすべって使い物にならなくなるし、口で伝えようとすると、言葉は意味をなさない雑音《ざつおん》にしかきこえなくなる。《本》を作った偉大《いだい》な魔法《まほう》使いは、そうやって魔法《まほう》をまとめあげ、世のなかからたくみに隠《かく》した」

「非魔法族《ひまほうぞく》に、たくさん同胞《どうほう》を殺《ころ》されたから、だよね」

私《わたし》はおばあちゃんの話を引き継《つ》いで言った。

おばあちゃんはうなずいた。

「大昔にね。おかげでいまの時代は、だれも魔法《まほう》なんか信じなくなった。魔法《まほう》使いを探《さが》し出して殺《ころ》そうとする人はいない。だけどアリーチェ、《守り手》は魔法《まほう》使いを守るためにいる。彼《かれ》らを追い詰《つ》めた非魔法族《ひまほうぞく》のあたしたちが、彼《かれ》らを生かしつづけないといけないんだよ」

「うん。わかった」

おばあちゃんはにっこり笑って、最後の手順を踏《ふ》み、キャビネット棚《だな》をひらいた。

金縁飾《きんぶちかざ》りのついた、古くて大きな《本》が大切におさめられていた。ふつうの本の倍は大きくて、おなじくらいぶ厚《あつ》い。ぼろぼろで、乱暴《らんぼう》にあつかうとあっというまに壊《こわ》れてしまいそうな《本》を、おばあちゃんが修繕《しゅうぜん》しながらなんとか保《たも》たせている。

この《本》に、魔法《まほう》のすべてが記してある。

だけどなにが読めるかは、人によってまちまちだ。子どものころには読めなかったページが、大人になってから読めるようになることもあるらしい。だから、魔法《まほう》使いは一度かぎりではなく、定期的に私《わたし》たちの家にやって来るのだ。

《黒魔術師《くろまじゅつし》》には、黒魔術《くろまじゅつ》について書かれたページだけが読める。

《予言者》には、予言について書かれたページだけが読める。

そして非魔法族《ひまほうぞく》には、すべてのページが真っ白に見える。

《守り手》も、その他おおぜいの、非魔法族《ひまほうぞく》のひとつ。

「さあ、これを、あんたが運ぶんだ。アリーチェ」

おばあちゃんは言った。私《わたし》は身震《みぶる》いした。

「……もう？　触《さわ》ってもいいの？」

「月は昇《のぼ》った」

おばあちゃんは言った。

「裏庭《うらにわ》へ行こう。魔法使《まほう》いたちが待っている」

私《わたし》は生まれてはじめて《本》に触《さわ》り、持ちあげた。しっとりして、ほろほろとくずれてしまいそうな不安感があった。それに、重い。魔法《まほう》と歴史《れきし》がずっしり詰《つ》まっている重み。

おばあちゃんがドアをあけ、《本》をかかえた私《わたし》を通した。

暗い廊下《ろうか》を歩いていくと、庭のほうから人びとのざわめきがきこえた。私《わたし》の知らない国の言葉もいくつかきこえてくる。

裏庭《うらにわ》は魔法《まほう》使いでいっぱいだった。

全員が足を運んでいるわけじゃない。大半の人は実体のない影《かげ》のような姿《すがた》をしていて、遠くから意識《いしき》だけ参加している。でも、数十人はじっさいにこの場へ来ていた。おばあちゃんのあとから《本》を持って庭を歩く私《わたし》を、人びとの目が追いかける。

ここにいるのは、世界中の魔法《まほう》使いだ。

いまでは、私《わたし》の家の裏庭《うらにわ》に全員入るほど少なくなってしまった。

お母さんとお父さんが庭の奥《おく》の泉《いずみ》の前で待っていた。テーブルにろうそくがならび、真ん中に本をのせる台が置かれている。私《わたし》はのどがからからだった。ふと、昼間にもらった、予言の言葉が頭のなかをかけめぐる。


——あなたに危険《きけん》がせまっている。


「さ、アリーチエ。こっちに立って、《本》を置きなさい」

言われたとおりテーブルを回りこんで、台の上に《本》を置いた。おばあちゃんが私《わたし》の手をにぎってうなずいてくれる。それでほんのちょっと、安心した。

緊張《きんちょう》する。のもあるけれど、どんどん不安が増《ま》していた。

魔法《まほう》使いたちの目。家族の目。そして、予言の言葉。

危険《きけん》がせまっている。なすべきことをなせ。それから、嵐《あらし》とか四つの名を持つ魔女《まじょ》とか。

わけのわからないヒント。でも、いちばん気にかかっているのはそこじゃない。

「お集まりのみなさん。私《わたし》の孫のアリーチェのためにお越《こ》しいただき、感謝《かんしゃ》します」

おばあちゃんが、よく通る声で言った。私《わたし》はなんとか意識《いしき》を現実《げんじつ》世界に戻《もど》した。

こんなにたくさんの魔法《まほう》使いが集まっているのを見るのは、はじめてだ。

魔法《まほう》使いはそれぞれにうなずいたり、手に持ったグラスを持ちあげたりしている。そのうちひとりと目が合って、どきりとした。

いつか、私《わたし》の魂《たましい》を取ろうとした、黒めがねの《黒魔術師《くろまじゅつし》》だった。意識《いしき》だけじゃなくて、生身でここにいる。昔とおなじ姿《すがた》で、ううん、もっと若《わか》くなっているようにさえ見えた。

私《わたし》に笑いかけ、ウインクまでしてた。

逃《に》げ出したい気持ちをぐっとこらえる。

魔法《まほう》使いには気を許《ゆる》しちゃいけない。だれとも仲良くなってはいけないけれど、だれかをきらいになってもいけない。《守り手》はどんな魔法《まほう》使いとも平等に接《せっ》しなければ。

「孫のアリーチェは今宵《こよい》、新たな《守り手》として義務《ぎむ》をはたすことを誓《ちか》います。私《わたし》は、この日を迎《むか》えられたことを誇《ほこ》りに思います」

ぱちぱちと、上品な拍手《はくしゅ》がわいた。

そのなかにひとり、よく知っている子がいた。オルガだ。

そう、オルガは魔法《まほう》使いの一族のひとりだ。クラスメイトだけど、《守り手》と魔法《まほう》使いだから、教室では必要以上に仲良くできない。

でも、知らない人ばかりのなかでオルガを見つけて、私《わたし》は少しほっとした。オルガは私《わたし》とは初対面ですっていう顔をして、なにげなく拍手《はくしゅ》に参加している。

私《わたし》も知らないふりをつづけなきゃ。

知らないふりは得意《とくい》だ。家の外では、魔法《まほう》なんて信じてませんって顔ですごしている。それもこれも、《守り手》としての責務《せきむ》をはたすため。

「じゃあ、アリーチェ。《本》をひらいて」

「えっ。あっ、はい」

何度も何度も打ち合わせをした。でも、本物の《本》をひらくのはこれがはじめて。

すうっと息を吸《す》いこみ、使いこまれた革表紙《かわびょうし》に手をかける。

そうして、《本》をひらいた。

なにがこんなに気にかかるのか、私《わたし》はそれまで、よくわかっていなかった。予言の手紙を読んでからずっと、もやもやが止まらない。でも、その正体まではわからないでいた。

危険《きけん》だとか、魔女《まじょ》をたずねろとか。はっきり言って、そのあたりの部分はそんなに気にならない。気にならないというか、情報《じょうほう》が少なすぎて、ぴんときていないのだ。

だけど、妙《みょう》に不安な一文がある。最初の一文だ。

――なにも見えぬようにふるまいなさい、アリーチェ。

この一文が、私《わたし》にはいちばん不気味だった。

考えないようにしてきた最悪の想像《そうぞう》が、現実《げんじつ》になってしまうことがおそろしかった。

「アリーチェ?」

おばあちゃんの声がする。私《わたし》は、はっと気がついて、おばあちゃんをふり返った。

心配そうな顔で、おばあちゃんが私《わたし》を見ている。そのうしろには、はらはらした顔のお母さんと、お母さんの肩《かた》をさするお父さん。

頭のなかが真っ白だ。

おばあちゃんがぎこちない笑《え》みを浮《う》かべて、うながすように両手を持ちあげる。

「ページをめくって。すべて。時間がかかるんだから、はやく」

「は――はい」

声が引きつっていないか、不安で仕方なかった。私《わたし》は《本》に目を戻《もど》し、ていねいにページをめくった。もう一枚《まい》。もう一枚《まい》。

何度もべつの本で練習していたから、手元がくるうことはない。すべてのページに目を通し、宣言《せんげん》するのだ。魔法《まほう》使いたちの前で、私《わたし》にはなにも見えません、なにも読めませんと宣言《せんげん》する。

私《わたし》は《守り手》としてふさわしいと、みんなに示《しめ》す。

でも。

震《ふる》えをおさえるのがやっとだった。

どうか、私《わたし》が緊張《きんちょう》しているだけだとみんなが思ってくれていますように。魔法《まほう》使いたちに取りかこまれて、儀式《ぎしき》で落ち着かなくて震《ふる》えているだけだと、みんながかんちがいしてくれますように。

でないとこまる。

魔法《まほう》の《本》をひらいて私《わたし》の目にうつったのは、真っ白なページなんかじゃなかった。

びっしりと、すみからすみまで文字や記号の書きこまれたページが、私《わたし》には見えていた。

III 予言

めくってもめくっても、どこにも余白《よはく》なんてなかった。

虫食いなんてどこにもない。聖書《せいしょ》をめくっているみたいに、文字で黒く埋《う》められたページがつづいている。知識《ちしき》と、理論《りろん》と、呪文《じゅもん》と、記号と、レシピと、理解《りかい》できない魔術《まじゅつ》のあれこれが、延々《えんえん》と、すべてのページに。

最後のページをめくり、裏表紙《うらびょうし》をぱたんととじる。

くちびるの震《ふる》えをごまかしながら、なんとか目をあげた。おばあちゃんが横に立って、こっくりとうなずいている。ああ、そうだ。言わなくちゃ。

「――私《わたし》には、読めません」

予言に書かれていたとおりに。

なにも見えないように、ふるまった。

私《わたし》がそう言わないと、すべてのバランスがくずれる。公平性《せい》が、平和が、安寧《あんねい》が、終わる。《本》の所有権《けん》をめぐって、魔法族《まほうぞく》のあいだで戦争が起こってしまうだろう。三十年前に滅《ほろ》ぼされた《予言者の一族》のように、滅《ほろ》ぼされる魔法《まほう》使いの一族が、ひとつやふたつではすまなくなる。《守り手の一族》だってあぶない。

私《わたし》はちらりと《黒魔術師《くろまじゅつし》》に目をやり、にたりと笑う相手に寒気がして、すぐに目をそらした。

ぱちぱちと、ふたたび拍手《はくしゅ》が起こった。

これで儀式《ぎしき》は終わり。あとはパーティだ。

魔法《まほう》使いたちは私《わたし》への贈《おく》り物をテーブルにならべ、私《わたし》たち家族に守りの魔法《まほう》を重ねがけした。ほかの魔法《まほう》使いから私《わたし》たちを守り、だれもぬけがけできないようにするための魔法《まほう》だ。おかげで我《わ》が家は、すべての魔法《まほう》使いのだれよりも強い魔法《まほう》に守られている。

でもそれは、《守り手》が非魔法族《ひまほうぞく》だからだ。

《本》に書かれていることをひとつも読めないからこそ、魔法《まほう》使いは安心して私《わたし》たちを守りつづける。無害なペットを大切にする、心やさしい飼《か》い主みたいに。

私《わたし》はおばあちゃんのとなりで、あいさつに来る魔法《まほう》使いたちに愛想笑《あいそわら》いを浮《う》かべていた。

わきの下にはへんな汗《あせ》をかいていて、バレやしないかとひやひやしていた。

意識《いしき》だけ参加していた影《かげ》は、ゆらゆらしながらほかの魔法《まほう》使いたちとの会話を楽しんでいた。生身の魔法《まほう》使いたちは、お母さんとお父さんが用意したお酒を片手《かたて》に、おたがいを褒《ほ》め合っている。もしかしたら皮肉を言い合っていたのかもしれないけれど、だとしたら、私《わたし》には見ぬけないいくらい上品にコーティングされた皮肉だ。

私《わたし》はなんとか笑顔《えがお》をとりつくろえていたと思う。

あいさつに来た人にお礼を言って、せいいっぱいがんばりますと言いつづけた。

でも、背《せ》の高い黒めがねの男の人が私《わたし》の前に立ったとき。

思わず笑顔《えがお》を忘《わす》れてしまった。

派手《はで》なスーツをぴったり着こなし、ステッキをついた《黒魔術師《くろまじゅつし》》は、ほかの魔法《まほう》使いから距離《きょり》を取られているように見えた。

ほかの魔法《まほう》使いの一族は分家に分かれていて数が多く、後継者《こうけいしゃ》問題は安泰《あんたい》だときいている。でも、《黒魔術師《くろまじゅつし》》の血を正統《せいとう》に継《つ》いだ魔法《まほう》使いは、この人が最後のひとりだ。なのに結婚《けっこん》もせず、永《なが》いあいだ独身《どくしん》をつらぬいているらしい。

「おめでとう、アリーチェ」

《黒魔術師《くろまじゅつし》》はにっこり笑いながら私《わたし》に手を差し出した。握手《あくしゅ》にこたえようとすると、おばあちゃんにさりげなく止められ、あわてて手を引っこめる。

《黒魔術師《くろまじゅつし》》とは握手《あくしゅ》をしてはいけない。

こちらにその気がなくても、《契約《けいやく》》を結んだという言い分を与《あた》えてしまう。

《黒魔術師《くろまじゅつし》》はにこっと笑い、握手《あくしゅ》を拒《こば》まれたことを気にもかけずにつづけた。

「あらためて名乗らせてくれ。おれはガブリエラだ。ガブと呼《よ》んでほしい。友だちにはそう呼《よ》ばれているからね。いや待てよ、よく考えたら、おれに友だちはいないんだっけ。ははは。まあともかく、家族にはそう呼《よ》ばれている」

ガブはぺらぺらしゃべりながら、片手《かたて》で赤いピアスをいじっていた。

ピアスをいじる、その手が気になる。まるで……まるで、「この耳はおまえの嘘《うそ》をきき分けたぞ」と宣言《せんげん》しているみたい。

心のなかで、ぶるぶると首をふった。

考えるな、アリーチェ！

この人はなんにも気づいていない。平気なふりをしろ！

「でも、本当にこれでよかったのかな？　おれの記憶《きおく》じゃ、きみは魔法《まほう》使いになりたがっていたはずだけど?」

「あは。それは、六歳《さい》のころの話ですから」

引きつり笑いにならないようにしながら、なんとか答えた。ガブは笑っている。かと思うと、ぐっと身を乗り出して私《わたし》に顔を近づけた。そうして、低い声を出す。

「十三歳《さい》はいい歳《とし》だ。魔法族《まほうぞく》にとっての成人。正式に《契約《けいやく》》を結べる年齢《ねんれい》だ。これだけは覚えておいてくれ、アリーチェ。おれはいつでもきみを歓迎《かんげい》する」

「ガブ。あたしの孫を誘惑《ゆうわく》するのはやめてほしいね」

となりに立っていたおばあちゃんがたしなめるように言った。

背《せ》の高いガブは体を起こし、はははと笑う。

「これは失礼。あんまりかわいい《守り手》なんで、つい」

庭に集まる魔法《まほう》使いたちが、いやあな目でガブをにらみつけているのがわかった。

みんな、この人を信用していないんだ。おばあちゃんに対して、同情《どうじょう》的な目を向けている人もいた。どんなトラブルメーカーでも、《守り手》はわけへだてなく対応《たいおう》しなくちゃならない。ほかの人なら、きっとガブには近づきもしないのだろう。

ガブはふふっと笑った。

庭にいる魔法使《まほう》いをあざ笑っているみたいに。

「心配するな、冗談《じょうだん》だよ。《守り手》はみんなのものだろ。ただ、ちょっと不満があるんだ、バーバラ。おれの娘《むすめ》たちには、今夜の招待《しょうたい》がなかったようでね」

ガブはステッキにもたれかけ、指をとんとんたたいておばあちゃんを見おろした。

「手ちがいでもあったのかと思ってるんだけど？」

「正統《せいとう》な魔法使《まほう》いにはすべて招待《しょうたい》を出したよ、ガブ。そして招待客《しょうたいきゃく》は全員来てくれた」

「ふうん？　それはおかしい」

ガブは首をかしげ、黒めがねの奥《おく》から裏庭《うらにわ》の客を見わたした。

《黒魔術師《くろまじゅつし》》は目が見えない。けれど、あの黒めがねには魔法《まほう》がかけられていて、彼《かれ》は視界《しかい》にこまらないのだと、昔おばあちゃんが教えてくれた。

「おれの娘《むすめ》たちが数えられていないのはまだわかる。不本意だけどね。だが、いまのはさらに聞き捨《ず》てならないな。ここにいるべき魔女《まじょ》がひとり、見あたらないようだけど？」

私《わたし》は不安げにおばあちゃんを見た。

ガブはいったい、なんの話をしているんだろう？

「知っているはずだよ、バーバラ。ここにいる魔法使《まほう》いをぜんぶひっくるめてもかなわないほどの、強い魔法使《まほう》いがいるってことを。そして彼女《かのじょ》はいまだに《本》を読むことを許《ゆる》されていない。これがあんたら《守り手の一族》が唱える、《公平》とやらかい？」

「いいかげんにして、ガブ」

意識《いしき》だけ参加している影《かげ》のひとりが、するどい声をあげた。

その影《かげ》はぼんやりと光っていて、顔はよく見えないけれど、背《せ》の高い女の人だった。声はラジオを通したようにくぐもってきこえるけれど、彼女《かのじょ》が怒《おこ》っているのはわかった。

「祝いの席よ。今夜はあなたの思想を持ちこまないで」

「これはこれは。たいへん申し訳《わけ》ありませんねえ、《白魔術師《しろまじゅつし》》どの」

ガブはにこっと笑っていないし、ただね、と、おばあちゃんと私《わたし》に笑いかけた。

「おれは大きらいなんだ……古い伝統《でんとう》に足を取られて、自分が見えなくなってる連中が」

ガブは私《わたし》にウインクした。まるで「きみはちがうよな？」とでも言うように。

「とにかく、おめでとう、アリーチェ！」

ガブはそう言って私《わたし》に背《せ》を向け、魔法《まほう》使いたちに向き直った。両手を広げ、ゆっくり人をかきわけながら、そこにいる魔法《まほう》使いたち全員にきこえるような声を出す。

「おれはそろそろおいとましよう。外に娘《むすめ》たちを待たせているんだ。なんと、庭にも入れてもらえなかったからね！　あんまりひどいあつかいだと思わないか？　ねえ、そう思うだろ、《錬金術師《れんきんじゅつし》》のきみも？」

たまたま近くにいた赤毛の男の人は、迷惑《めいわく》そうに鼻を鳴らして目をそらした。

おばあちゃんが疲《つか》れたようにため息をつく。

「知ってるだろう、ガブ。この庭に入れるのは、うちの家族と魔法《まほう》使いだけだ。守りの呪《じゅ》文《もん》が何重にもかけられているから、非魔法族《ひまほうぞく》は入れない」

「ああ、そうだったね、バーバラ。もちろん知っているとも」

ガブはくるりとふり返ると、笑顔《えがお》のまま、おばあちゃんに向かって中指をつき立てた。

集まっていた魔法《まほう》使いたちが息を呑《の》む。

《守り手》のおばあちゃんに、こんな失礼なことをする魔法《まほう》使いなんていない。

「幸運を、クソババア。ああ、きみには期待してるよ、アリーチェ。新しい血はいつでも大歓迎《だいかんげい》だ。古い酒袋《さかぶくろ》に入れられないように、せいぜい気をつけろ」

高笑いを残し、ガブは影《かげ》みたいに溶《と》けて消えていった。

裏庭《うらにわ》にはりつめていた緊張《きんちょう》感が、ふっつりとほどけていく。《黒魔術師《くろまじゅつし》》という厄介《やっかい》ごとが消えて、魔法《まほう》使いたちが安堵《あんど》するのがわかった。私《わたし》はおばあちゃんをうかがった。

「おばあちゃん……」

「いいんだ」

おばあちゃんはにこっと笑って、私《わたし》の手をにぎった。

それから、まだ残っている魔法《まほう》使いたちに向かって言った。

「そろそろ、私《わたし》たちは休みます。よい夜をありがとう。そしてこれからも、我《わ》が家をお守りください。新たな《守り手》のアリーチェに加護《かご》を」

ぱらぱらと拍手《はくしゅ》が起こり、魔法《まほう》使いは三々五々帰っていった。

意識《いしき》だけ参加していた影《かげ》はすうっと消えていき、生身で参加していた魔法《まほう》使いは裏口《うらぐち》を通っていった。非魔法族《ひまほうぞく》に見えないように魔法《まほう》をかけて、ホウキに乗って帰るのだ。

母親といっしょに歩いてきたらしいオルガは、心配そうな顔で私《わたし》に目を向け、口元だけで「とにかく、おめでと」と言った。私《わたし》は急にうれしくなって、腰《こし》のあたりで小さく手をふった。

みんなが帰ると、お母さんとお父さんが疲《つか》れた顔で私《わたし》を抱《だ》きしめに来た。

「おめでとう、《守り手》さん」

お父さんが言った。「本当に誇《ほこ》らしいよ。よくやった」

「緊張《きんちょう》してたでしょ、アリーチェ」

お母さんが私《わたし》の髪《かみ》を耳にかけながら、心配そうに言った。

「《本》をめくるとき、死にたそうな顔してた」

「あは……そうだった？」

私《わたし》は笑ってごまかした。たいていのことは、笑っていればごまかせる。

と、私《わたし》はずっと思ってるんだけど、どうなのかな。ちゃんとごまかせてる？

「もう寝《ね》ましょう。明日は学校を休んでもいいわ。それだけの仕事をしたし。それに、明日から《守り手》の仕事が本格的《ほんかく》にはじまるでしょ？　だから、今日は休んで」

私《わたし》はうなずいた。

じつは、本当に疲《つか》れきっていた。

私《わたし》は嘘《うそ》をついた。魔法《まほう》使いたちにも、おばあちゃんにも、お母さんとお父さんにも。

パジャマに着替《きが》え、ベッドにもぐりこんでから、私《わたし》はマットレスの下に隠《かく》しておいた予言の手紙を引っぱり出し、月明かりにかざして読み返した。

――なにも見えぬようにふるまいなさい、アリーチェ。あなたに危険《きけん》がせまっている。

嵐《あらし》とともに、四つの名を持つ魔女《まじょ》をたずねよ。なすべきことをなせ。


なんのことだか、半分もわからない。

でも、予言に従《したが》わなくちゃいけないってことはわかる。

この予言は三十年前に滅《ほろ》んだ《予言者》の忘《わす》れ形見だ。彼《かれ》らは未来がわかるから、きっと自分たちが滅《ほろ》びることもわかっていただろうって、昔おばあちゃんが言っていた。だから、自分たちが滅《ほろ》んだあとで私《わたし》を導《みちび》けるようにと、この手紙を残してくれたんだ。

でも、わからない。

そもそも、なんで私《わたし》には《本》が読めたのか。それも、全ページにわたって！

こわかった。

うっかりすると、手の震《ふる》えが止まらなくなる。

私《わたし》はまちがいなく、魔法界《まほうかい》のバランスをくずす存在《そんざい》だ。《守り手》の私《わたし》が《本》を読めるだなんて、だれにも知られてはいけない。魔法《まほう》使いにも、家族にも。だれにも。

そして、私《わたし》には危険《きけん》がせまっている。これもまちがいない。

《本》を読める時点で、めちゃくちゃ危険《きけん》なんだ。もしもこのことが、あの《黒魔術《くろまじゅつ》師》に知られでもしたら……なにが起こるか、想像《そうぞう》するだけでおそろしい。
とりあえず、いま、私《わたし》が心を許《ゆる》せる味方は、この予言の手紙だけ。
だから、私《わたし》がつぎにとるべき行動はひとつ。
四つの名を持つ魔女《まじょ》とやらに、会いに行かないと。

Ⅳ 《守り手》の日誌《にっし》

つぎの日の朝、私《わたし》はそうっと裏庭《うらにわ》をうかがった。

おばあちゃんとお母さんとお父さんが、ゆうべのあと片《かた》づけをしていた。魔法《まほう》使いをもてなすためにテーブルを増《ふ》やし、飾《かざ》りを豪華《ごうか》にしたので、今日いっぱいは片《かた》づけに追われるだろう。三人とも、私《わたし》はまだベッドのなかにいると思いこんでいる。行動にうつすなら、いまだ。

私《わたし》は忍《しの》び足で《本》の部屋に入った。

目当ては《本》じゃない。ずらりとならんだ本棚《ほんだな》の片《かた》すみに指をそわせて、目的の本を探《さが》し出す。あった。おばあちゃんがつけている、《守り手》の日誌《にっし》。

日記とはちがって、おばあちゃんのプライベートなあれこれが書かれているわけじゃない。もっと実務《じつむ》的な、記録やメモなんかが書きこまれている。この日はだれが《本》を読みに来たかとか、お父さんから教えてもらった本の修復《しゅうふく》方法とか、魔法《まほう》使いの一族のリストとか。

私《わたし》は日誌《にっし》をひらいて、ゆうべおばあちゃんが招待《しょうたい》した魔法《まほう》使いのリストを探《さが》し当てた。

真っ白なページのすぐ手前に、一族ごとの名前が書きつらねてある。

いまでは魔法《まほう》使いの一族の数さえ少なくなってしまった。ざっと数えても、五つ。

《黒魔術師《くろまじゅつし》》《白魔術師《しろまじゅつし》》《錬金術師《れんきんじゅつし》》《祈祷師《きとうし》》《呪具師《じゅぐし》》。

三十年前までは、ここに《予言者》もいた。いまでは、たった五つの魔法族《まほうぞく》だけ。

それぞれの一族には親戚《しんせき》がたくさんいるから、魔法《まほう》使いが絶滅《ぜつめつ》の危機《きき》に瀕《ひん》してるってわけでもないけれど、それでも少ないと思う。

ほとんどの魔法族《まほうぞく》は非魔法族《ひまほうぞく》と結婚《けっこん》するけれど、ときどき、べつの一族と結婚《けっこん》する人たちもいる。その場合、子どもは両方の血筋《ちすじ》の魔法《まほう》を使えるようになるわけではなく、《本》をひらくと親のどちらかの魔法《まほう》しか読めないそうだ。

すぐに見つかるだろうと思っていたのに、四つの名を持つ女の人の名前はちっとも見あたらなかった。やたら名前が多くて、六つや七つ名前がつづく人もいたのに、なぜか四つの名前を持つ人はゼロ。十回くらいリストを上から下までながめて、十回くらいオルガとガブの名前を複雑《ふくざつ》な気持ちで見つめたあと、床《ゆか》の上にへたりこんで、ため息をついた。

もしかして、魔法使《まほうつか》い特有の、通り名とかあだ名みたいなものかもしれない。だとしたらリストをいくらながめても、たずね人は見つかりっこない。

それとも、おばあちゃんにきけば、わかるだろうか。

魔法使《まほうつか》いをこの部屋に通したあと、おばあちゃんはいつも魔法使《まほうつか》いとふたりきりになる。この部屋は家の中心にあって、守りの魔法《まほう》がいちばん強いから、どんな魔法使《まほうつか》いも《守り手》に危害《きがい》を加えることはできない。《本》を読みながら、おばあちゃんとたわいもないおしゃべりを楽しむ魔法使《まほうつか》いがいたとしても、ぜんぜん不思議はない。

おばあちゃんなら、《四つの名を持つ魔女《まじょ》》とやらに心当たりがあるかも。

でも、もし、なんでそんなことを知りたいのってきかれたら？

おばあちゃんは私《わたし》の味方だ。そう信じてる。

だけど、どうだろう。

私《わたし》が、じつは《本》を読めるとわかったら、おばあちゃんはなんて言うだろう。私《わたし》を守るために行動してくれるだろうか？　それとも……。

胸《むね》がぎゅっと苦しくなった。

おばあちゃんはだれよりも《守り手》の責任《せきにん》を重く考えている人だ。《守り手》の仕事だけはぜったいにサボらないし、無責任《むせきにん》なことはしたくないと、いつも言っている。私《わたし》が《本》を読めるとわかったら、おばあちゃんは私《わたし》を《守り手》の任《にん》から解《と》くと言うかもしれない。ううん、本当はそのほうがいいんだ。私《わたし》には《守り手》の資格《しかく》がないんだから……。

最後にもう一度魔法使《まほうつか》いのリストに目を通し、がっかりしながら日誌《にっし》をとじようとしたとき、裏表紙《うらびょうし》がそでに引っかかって、いちばん最後のページがぱらりとひらいた。真っ白なページの最後に、なにかが書きこまれていることに気づく。

おばあちゃんの字で、ページのすみに走り書きがしてあった。

ほかのページとちがって、いそいで書いたらしく、読みにくい。記録のためというより、考えをまとめるためにささっと書いたような筆跡《ひっせき》だった。

——彼女《かのじょ》を魔法族《まほうぞく》と認《みと》めるべきか？　自然が空白をきらうなら、彼女《かのじょ》があらわれたことは理にかなっている。でも……あたしにはあまりに荷が重い。

私《わたし》は何度か、その文章を読み返した。

これって……どういう意味？

なぜか思い出したのは、ゆうべの《黒魔術師《くろまじゅつし》》の言葉だった。

ガブは、この場に招待《しょうたい》されていない魔女《まじょ》がいると言った。ここにいる魔法《まほう》使い全員をひっくるめてもかなわないくらいの魔法《まほう》使いがいるんだって。でも、おばあちゃんはそれをつっぱねた。ここには、正統《せいとう》な魔法《まほう》使いだけを招待《しょうたい》したと言って。

ガブが言っていたのは、きっとこのメモの人のことだ。

心臓《しんぞう》がざわざわする。

この魔法《まほう》使いの名前が知りたい。この人こそ、《四つの名を持つ魔女《まじょ》》かもしれない。

だけど、と、自分のなかのもうひとりが反論《はんろん》する。

この人は、ガブ以外には、魔法《まほう》使いだと認《みと》められていない。

つまり……魔法族《まほうぞく》の生まれじゃないんだ。

魔法族《まほうぞく》の家に生まれた人は、例外なくうちの門戸をたたいて《本》を読みに来る。それ以外の人には、そもそも《本》は読めない。魔法族《まほうぞく》以外には、決して魔法《まほう》は使えない。

私《わたし》はずっとそう教わってきたし、それが当たり前なのだと信じてきた。

でも、もし、ちがうとしたら?

非魔法族《ひまほうぞく》として生まれたのに、魔法《まほう》が使える人がいるとしたら。

私《わたし》はそっと背後《はいご》をふり返った。そこに、《本》が保管《ほかん》されたキャビネット棚《だな》がある。

私《わたし》はこれをあけられる。そして《本》を読むことができる。だれにも邪魔《じゃま》されずに一日中、独《ひと》り占《じ》めすることだってできるんだ。

自分の考えにぞっとして、背《せ》すじが粟立《あわだ》った。

あわてて日誌《にっし》を元の位置に戻《もど》し、廊下《ろうか》を急ぎ足で自分の部屋に戻《もど》った。そしてマットレスの下に隠《かく》しておいた予言を引っぱり出して、何度も読んだ手紙をまた読み返す。

だけど、心はべつのことを考えていた。

非魔法族《ひまほうぞく》のなかに、魔法《まほう》を使える人がいる。

ふつうに生まれて、魔法《まほう》なんか存在《そんざい》しないと信じて育ったのに、じつは魔法《まほう》の才能《さいのう》を持っている人が、ほかにもいるかもしれない。

そんなことはありえないと思ってた。人は生まれた瞬間《しゅんかん》に運命が決まってて、犬に生まれたなら犬に、猫《ねこ》に生まれたなら猫《ねこ》にしかなれないのだと思ってた。だからこそ、私《わたし》は魔《ま》法《ほう》使いになることをあきらめて、せめて魔法《まほう》使いのそばで生きようと《守り手》を選んだ。

でも、もしもちがうとしたら？

だって、じっさい私《わたし》には……《本》が読めるのだ。

手が震《ふる》えてきた。気づかなかった事実に……ううん、いままでずっとだまされていたんだってことに、ゆっくりと気がついた。

《守り手》は、魔《ま》法《ほう》使いを守るために必要なのだと思っていた。

でも、魔《ま》法《ほう》族《ぞく》以外にも魔《ま》法《ほう》使いがいて、しかもその人たちには《本》を読む機会さえ与《あた》えられていないのだとしたら……《守り手》がしていることって、つまり。

一部の魔《ま》法《ほう》使いに、魔《ま》法《ほう》の知《ち》識《しき》を独《どく》占《せん》させているってこと。

これのどこが、《公平》？

ノックの音がして、私《わたし》はベッドにすわったまま飛びあがった。

「待って！」

するどくさけんで、予言の手紙をマットレスの下に押《お》しこみ、「いいよ」とさけんだ。

ためらいがちにドアがあいて、面食らったような顔のお母さんがのぞきこむ。

「起きてたのね。なにをあわててたのよ」

「べつに。ただ、寝《ね》起《お》きだったから」

私《わたし》は髪《かみ》をなでつけ、整えるふりをした。そんなことしたって、私《わたし》のこげ茶色の髪《かみ》はいつもふわふわにカールしてしまうのだけれど。

お母さんは部屋に入ってきてドアをしめると、私《わたし》のとなりにちょこんと腰《こし》かけた。お母さんのお尻《しり》の下に、予言の手紙が敷《し》かれちゃっている。

私《わたし》はなんでもないふりをして笑った。

「おはよう」

「おはよう、《守り手》さん」

お母さんは腕《うで》を回して私《わたし》を抱《だ》きしめた。昨日から不安で押《お》しつぶされそうだったから、私《わたし》はそのハグを歓迎《かんげい》した。不安でいっぱいのときって、とくに母親とくっつきたくなる。

「儀式《ぎしき》が終わったから言うけどね。本当はいやだったの。あなたが《守り手》になること」

「《守り手》になった直後に、それを言う?」

わざとおどけてほっぺたをふくらませたのに、お母さんはまじめな顔のまま息をついた。

「もしもあなたが一文字でも《本》に書かれたことを読めていたら、なにもかもが変わっていた」

どきりとした。

「どういうこと?」

「……もう、儀式《ぎしき》が終わったから、《秘匿《ひとく》の魔法《まほう》》は切れた。だからやっと言えるわ」

お母さんはため息をつき、私《わたし》の手を両手でにぎった。

「百年くらい前に、いたのよ。《守り手》の儀式《ぎしき》で、《本》を読めてしまった人が」

息が止まるかと思った。

心臓《しんぞう》がさわぎすぎて、胸《むね》が苦しい。

「……その人、どうなったの」

「《忘却《ぼうきゃく》の魔法《まほう》》をかけられて、家から追い出されたそうよ」

ショックのあまり、口もきけなかった。

《守り手》の儀式《ぎしき》は十三歳《さい》の誕生日《たんじょうび》に行われる。つまり……その人は十三歳《さい》の誕生日《たんじょうび》に、家族を失ってしまったんだ。

「はじめから天涯孤独《てんがいこどく》で、孤児院《こじいん》で生まれ育ったと、まわりも本人も思いこむような魔法《まほう》をかけられたらしいわ。《守り手の一族》のことも、魔法《まほう》のことも、家族のことも、なにもかも忘《わす》れさせられて、大人になって、結婚《けっこん》せずに死んでいったそうよ。三百年の歴史《れきし》でたったひとりだけど、そういう人がいたの」

顔から血の気が引いていく。お母さんは私《わたし》の様子に気がついたのか、そっと抱《だ》きしめた。

「大丈夫《だいじょうぶ》よ、アリーチェ。あなたは大丈夫《だいじょうぶ》だった。だから心配しないで」

「……なんで、私《わたし》にそれを教えてくれなかったの？　儀式《ぎしき》の前に」

お母さんは泣きそうな顔で首をふった。

「言ったでしょう、《秘匿《ひとく》の魔法《まほう》》がかけられていたの！　あなたの儀式《ぎしき》が終わるまで、伝えたくても伝わらないように魔法《まほう》がかかっていたのよ。かといって、《守り手》になることを阻《はば》むこともできなかった。あなた自身が拒否《きょひ》しなければ、まわりは決して止められなかったの。そういう魔法《まほう》がかかっていたのよ」

お母さんはぎゅっと私《わたし》を抱《だ》きしめた。あばらが折れてしまうんじゃないかってくらいに。

「私《わたし》はずっと、魔法《まほう》使いがこわかった。あの人たちは私《わたし》たち家族を守ると謳《うた》いながら、じっさいは自分たちに都合のいいように《管理》してる。でもそれは、仕方のないことなんでしょうね。争いなく《本》をみんなで共有するには、《守り手の一族》が必要なのよ」

私《わたし》はなんとも答えられなかった。

仕方がない。

本当に？

魔法《まほう》の知識《ちしき》は、口伝えすることも書き写すこともできない。《本》を通してしか魔法《まほう》を学べないのなら、ルールを作って、公平に順番を待てるような仕組みを作るしかない。

でも、そのルールにひとつ、穴《あな》があいた。

私《わたし》という穴《あな》。

《本》を読める《守り手》が存在《そんざい》してしまったこと。

お母さんが私《わたし》の髪《かみ》をなでながら、細い息を吐《は》く。

「あなたが《守り手》として認《みと》められて、とても複雑《ふくざつ》な気分だわ。これでやっと、魔法使《まほうつか》いたちは私《わたし》を監視《かんし》しなくなるでしょう。私《わたし》は……あなたに、申し訳《わけ》なくて……」

私《わたし》はお母さんから離《はな》れて、思わずさけんだ。

「なに言ってるの？　お母さんを監視《かんし》する人なんて、いないよ！」

「ええ……そうよね」

お母さんはさみしそうに笑った。私《わたし》の心臓《しんぞう》はうるさく鳴り響《ひび》いていた。

もしも《本》が読めるとバレたら、私《わたし》は家から追い払《はら》われて、《守り手》はふたたびおばあちゃんひとりになる。《守り手の一族》は私《わたし》たちだけ。親戚《しんせき》はいない。

私《わたし》がいなくなったら、ほかの後継者《こうけいしゃ》が必要だ。おばあちゃんは歳《とし》を取りすぎているから、お母さんに目が向くだろう。私《わたし》の弟か妹を作れと、圧力《あつりょく》がかかるのだろう。

ぞっとした。《管理》って……そういうこと？

魔法《まほう》使いのために、子どもを産めと言われてしまうの？　本人の意志《いし》とは関係なく？

それって……それって……。

ペットですらない。家畜《かちく》だよ。

私《わたし》はぎゅっとお母さんを抱《だ》きしめた。

こんなのおかしい。なにかへんだ。

私《わたし》は、ようやくはっきりと、予言の意味がわかった。

――なすべきことをなせ。

そうだよ。私《わたし》がやるんだ。

私《わたし》が、このおかしな《本》と《守り手》のシステムを、変えなくちゃ。

V 《祈《き》祷《とう》師《し》》

大きな目標をかかげたはいいけれど、大事なことをひとつ忘《わす》れていた。

なにから手をつければいいか、これっぽっちもわからない。

「本当にぜんぶ、持って出かけないとだめ?」

「あんたは《守り手》なんだよ、アリーチェ」

おばあちゃんはあきれたように目をぐるっと回して言った。

「家を一歩離《はな》れたら、加護《かご》は消える。せめてひとつはお守りを身につけてちょうだい」

私《わたし》はげんなりしながら、誕生日《たんじょうび》のお祝いにもらった贈《おく》り物の山のなかからひとつをつまみあげた。木彫《きぼ》りの生首を見て、おばあちゃんが「ああ、それは」と、しょっぱい顔をする。

「《黒魔術師《くろまじゅつし》》のホルダーだね」

「キーホルダー？」

「いいや。魂《たましい》を保存《ほぞん》しておくホルダーだよ」

私《わたし》はぴゃっと木彫《きぼ》りの生首から手を離《はな》した。

おばあちゃんはちょっと笑った。

「あたしも儀式《ぎしき》のときにガブからもらったよ」

それって、おばあちゃんが十三歳《さい》のときに、ってことだよね。

ガブって、本当はいくつなの？

贈《おく》られたもののなかには、ましなやつもたくさんあった。シンプルな銀の指輪とか、ボタンとか、靴《くつ》とか。お香《こう》は火をつける前からいいにおいがしたし、こった刺繍《ししゅう》で彩《いろど》られた小さなポシェットは、お店で売られていたら買いたくなるようなデザインだ。

「これは《呪具師《じゅぐし》》の作品だね」

おばあちゃんがうれしそうな顔でポシェットを持ちあげる。

《呪具師《じゅぐし》》というのは、魔法《まほう》の道具を作る魔法《まほう》使いのことだ。空飛ぶホウキや占《うらな》いに使う水晶玉《すいしょうだま》は《呪具師《じゅぐし》》が作り、ほかの魔法《まほう》使いが魔法《まほう》を吹《ふ》きこんで完成する。《呪具師《じゅぐし》》は他人の魔法《まほう》を道具に定着させる専門家《せんもんか》だ。

おばあちゃんはにっこり笑って、私《わたし》にポシェットを差し出した。

「このポシェットには、すでに魔法《まほう》がこめられているはずだよ。なにか入れてごらん」

私《わたし》は言われたとおりに、そこにある贈《おく》り物をつぎつぎポシェットに入れていった。アクセサリー、本、靴《くつ》……いちおう木彫《きぼ》りの生首も入れたところで、あれっと気づく。

「まだ、ぜんぜん入るみたい？」

「そのとおり。見かけより数十倍は入るはずだよ。いいものをもらったね、アリーチェ」

私《わたし》はうれしくなった。これは便利かも。

魔法《まほう》使いがくれるものは、大半はお守りだ。大事な《守り手》が出先で事故《じこ》や事件《じけん》に巻《ま》きこまれないためのもの。でも、いくつかは便利な魔法《まほう》の道具があって、おばあちゃんも十三歳《さい》のときにもらったものを、いまだに使いつづけている。

「じゃあ、いってきます」

私《わたし》はポシェットを肩《かた》から提《さ》げ、学校へ向かった。

儀式《ぎしき》があった、二日後の朝だった。昨日は学校を休んだから、《守り手》になってからひとりで外へ出るのは、これがはじめて。

だからだろう。おばあちゃんは、私《わたし》にお守りをぜったい持たせたがった。

おばあちゃんの心配は的を射《い》ていた。

家を出たとたん、ねっとりした視線《しせん》を感じたのだ。

足をはやめたりはしなかった。ふつうに歩いて、友だちを見かけたらおはようを言って、学校へ行き、授業《じゅぎょう》を受けて、家に帰る。だけどそのあいだも、ずっと視線《しせん》を感じていた。

オルガとはあいかわらず、おなじクラスなのにおたがいが見えていないふりをした。

儀式《ぎしき》の日は少しだけ私《わたし》を気にかけるそぶりを見せてくれたけど、本来は魔法《まほう》使いと《守り手》の関係だ。仲良しだと思われたら面倒《めんどう》になるってことは、おたがいによくわかっている。

それに……いまは正直、オルガすら信用できない。

「アリーチェ、土曜のフリーマーケット、いっしょに行かない？」

帰り道、友だちに誘《さそ》われた。となり町で開催《かいさい》される月に一度のフリーマーケットへみんなで行くらしく、私《わたし》も誘《さそ》ってくれたんだ。

「ごめん。週末は家の仕事を手伝わなきゃなんだ」

「家の仕事って、本屋さんの？」

「うん」

こういうとき、家に仕事があるって思われているのは楽だ。

子どものころから、私《わたし》は本屋を継《つ》ぐんだとみんなに言ってきた。本当に私《わたし》が継《つ》ぐのは本屋じゃなくて《本》なのだけど、非魔法族《ひまほうぞく》にぺらぺら話すわけにはいかない。

「ありがとう、ごめんね。また誘《さそ》って」

「おっけー、わかった」

友だちと別れて家に帰る。家と家のあいだのせまい路地を横切ったとき、路地の奥《おく》にふたりの人影《ひとかげ》が立っているのが、目のはしにうつった。白と黒の人影《ひとかげ》。

よせばいいのに、立ち止まって二歩あとずさり、路地をのぞきこんでしまった。

だれもいない。

こわくなって、顔を前に向けてまっすぐ家に帰った。

背中《せなか》に視線《しせん》が張《は》りついているみたい。

ああ、もう。

魔法《まほう》使いのお守りをぜんぶポシェットにつっこんでるのに、てんで役に立ちゃしない。

だれかこの《おそれ》を引っぺがしてよ。

金曜の夜。

私《わたし》はおばあちゃんと《本》の部屋にいた。

今夜は魔法《まほう》使いのお客さんが来ている。私《わたし》の《守り手》としての、はじめての仕事だ。

「さあ、キャビネット棚《だな》をあけて。やり方は覚えているね」

私《わたし》はうなずいた。そろそろと手を伸《の》ばし、いままで触《ふ》れたことのないキャビネット棚《だな》に手をかける。それまでは触《さわ》ろうとしてもすかっと通りぬけてしまったのに、冷たい、しっとりした木材の弾力《だんりょく》が戻《もど》ってきた。

ああ、私《わたし》、本当に《守り手》なんだ。

何度も何度も頭にたたきこんだ手順を追って、ひとつひとつカギをあけていった。最後にかたっと音がして、扉《とびら》がひらく。おばあちゃんを見あげると、うん、とうなずかれた。

私《わたし》はそっと《本》を取り出し、部屋のすみの、《本》を読むための机《つくえ》に置いた。そこにはななめになった台があって、ランプの光をたよりに《本》を読むことができるようになっている。

ちょっとつついたら、くずれてしまいそうに古い《本》。

手汗《てあせ》でほろほろと紙が破《やぶ》けてしまいそうで、ひやひやする。

「さあ、魔法使《まほう》いを呼《よ》びにいくよ」

おばあちゃんは何十年もひとりで《守り手》をやっている。私《わたし》が小さいときから、決して《本》には触《ふ》れさせてくれなかったし、《守り手》に関してふざけたことは一度も言わない。きっと、この仕事に誇《ほこ》りを持っていて、疑問《ぎもん》なんか感じたこともないにちがいない。

私《わたし》はだまって、魔法《まほう》使いを待たせている小部屋に向かった。

そこに、オルガが母親とふたりで待っていた。いつになく緊張《きんちょう》して、出されたビスケットにも手をつけていない。私《わたし》を見て、くちびるをきゅっとすぼめた。

「お待たせしました。《本》を読むのはどちらですか？」

「オルガよ。この子も今日がはじめてなの」

オルガのお母さんが誇《ほこ》らしげに言った。

「アリーチェが《守り手》になるまで待っていたのよ。アリーチェの最初のお客さんになりたくて！」

オルガは三か月前に十三歳《さい》になっていたから、それは本当だろう。

私《わたし》は笑顔《えがお》がぎこちなくならないように気をつけた。

魔法《まほう》使いたちは、すきあらば《守り手》に気に入られようとする。オルガの母親はとくにひどい。もともと遠くの町に住んでいたのに、自分の娘《むすめ》が私《わたし》とおなじ歳《とし》だとわかったとたん、この町に越《こ》してきた。オルガを私《わたし》とおなじ学校に通わせて、町ですれちがえばかならずすり寄《よ》ってきて、日が暮《く》れるまでお世辞を言いつづけるような人。

オルガのほうが、むしろ私《わたし》に気を遣《つか》って、学校では話しかけないようにしているし、いまだって言葉少なに母親から目をそらしている。私《わたし》たち家族がオルガの母親にこまっているのがわかっているのだ。

魔法《まほう》使いへのえこひいきは、ぜったいに許《ゆる》されない。こちらにその気がなくても、ほかの魔法《まほう》使いが疑《うたが》いだしたら、とんでもなく面倒《めんどう》なことになる。

私《わたし》はできるだけ感情《かんじょう》をこめずに言った。

「こちらこそ光栄です。じゃあオルガ、ついてきて」

オルガが立ちあがり、だまってあとをついてきた。小部屋を出る前に、お母さんにぽんと背中《せなか》を押《お》されたようだけど、なんにも言わない。今度はおばあちゃんもついてこなかった。ここから先は、魔法《まほう》使いと《守り手》がふたりきりになるのだ。

《本》の部屋のドアをあけ、先にオルガを通す。オルガはへんな声で「ありがとう」と言った。それで気づいた。オルガは儀式《ぎしき》の日の私《わたし》以上に、緊張《きんちょう》している。

自分がどんな魔法《まほう》を使えるのか、どれくらい強い魔法《まほう》使いなのか、あるいは弱いのか。じっさいに《本》を読むまで、魔法《まほう》使いが自分の力を推《お》し量るすべはない。今日、これから、オルガは自分の実力を知るんだ。

「そこへかけて」

私《わたし》は《本》を置いていた机《つくえ》を示《しめ》した。

机《つくえ》の前にはやわらかなひじ掛《か》け椅子《いす》があって、魔法《まほう》使いが落ち着いて《本》を読めるようにしてある。机《つくえ》の横には小さなクッション付きの丸椅子《まるいす》があって、魔法《まほう》使いが読むあいだ、《守り手》は魔法《まほう》使いが《本》を破《やぶ》らないように見張《みは》るのだ。

この家の、この部屋のなかでは、魔法《まほう》使いよりも《守り手》のほうが強い。そういう魔《ま》法《ほう》が何重にもかかっている。

オルガはひじ掛《か》け椅子《いす》にあさくすわった。私《わたし》はとなりにすわって、「どうぞ」とうなずく。

「ひらいて、読んでみて」

「……私《わたし》が触《さわ》ってもいいの？」

「いいよ。でも、古い本だから気をつけて」

オルガとこんなに会話をしたのは、はじめてかもしれない。

オルガはふうっと息をついてから、意を決したように両手で表紙をめくった。私《わたし》には、《本》に書かれた《まえがき》の文字が読み取れた。

――いずれ書き換《か》えられるその日まで、すべての魔法《まほう》使いにこの書物がもたらされんことを。七つの魔法族《まほうぞく》に繁栄《はんえい》と加護《かご》を与《あた》え――

七つ？　と思った。

《本》が書かれた当時も、魔法族《まほうぞく》の数はそんなものだったんだ。

オルガがページをめくってしまったので、私《わたし》はあわてて目をそらした。

もしかして……《まえがき》の部分が、オルガには見えていない？

見えていたら、きっともう少し時間をかけて読んでいるよね？

オルガはぺらぺらとページをめくっていった。どのページも、彼女《かのじょ》には真っ白に見えているのだろう。やがて、とあるページで手を止める。私《わたし》は興味《きょうみ》をそそられて目線だけ動かし、オルガが読めるであろう魔法《まほう》をのぞき見た。

——天候をあやつるすべと、作物への影響《えいきょう》。


天候……って、雨をふらせるとか、そういう魔法《まほう》だ。

オルガは《祈祷師《きとうし》の一族》だ。祈《いの》りやまじないで、のぞむものを手に入れる。雨乞《あまご》いもそのひとつ。日照りや干《かん》ばつは飢饉《ききん》の元だから、天候をあやつれる魔法《まほう》使いは昔からすごく重要視《じゅうようし》されてきたし、白魔術《しろまじゅつ》とゆかりが深いとも言われている。

たしか、いま生きている《祈祷師《きとうし》》のなかで雨乞《あまご》いができる魔法《まほう》使いは、ひとりもいないはずだ。それくらい、天候をあやつるのはむずかしいと言われている。

すごいね、やったじゃん、って、思わず声をかけそうになって、あわててポーカーフェイスをとりつくろった。いくらオルガがすごい魔法《まほう》使いだとわかっても、知らないふりをしなきゃ。私《わたし》はこの《本》を読めるはずがないんだから。

しんどいなあ、と思った。

はやく、四つの名を持つ魔女《まじょ》とやらを見つけて、たずねていきたい。でも、その魔女《まじょ》がどこのだれなのか、私《わたし》はヒントすら見つけられないでいた。

日誌《にっし》のリストにはない。おばあちゃんにはきけない。

ほかの魔法使《まほう》いには、もっときけない。

はあ。

けっきょく私《わたし》は、《守り手》のシステムを変えるどころか、伝統《でんとう》どおりに仕事を淡々《たんたん》とこなしている。このままじゃ、どんどん時間だけがすぎていって、なんにも変わらないまま、あっというまにおばあさんになってしまうかも。

ぼんやり考え事をしていたら、とつぜん「ねえ」と声をかけられた。

はっとして顔をあげると、オルガが私《わたし》をにらんでいた。

やばい。私《わたし》、舟《ふね》こいでた？

「あんた、こまってない？」

ぎくりとした。けど、気力をフルに使ってとりつくろい、笑って首をかしげる。

「あは。なんのこと？」

「ごまかさないでよ。ふたりっきりなんだから、話しても大丈夫《だいじょうぶ》でしょ」

オルガは椅子《いす》の背《せ》もたれに寄《よ》りかかり、腕《うで》を組んで私《わたし》を見た。

「誕生日《たんじょうび》から様子がおかしいよ。人気者のアリーチェが、影《かげ》につきまとわれてるみたいに陰鬱《いんうつ》な雰囲気《ふんいき》をまとってる。なにかあったの？」

これが儀式《ぎしき》の前なら、うれしさのあまり泣いていたかもしれない。気が弱ってるときにやさしい言葉をかけられたら、だれだってころっとなびいちゃうよね?

だけどいまの私《わたし》は、オルガにやさしくされても「へえ」としか思わない。

ペットの元気がなさそうだから、心配になっちゃいました?

なんて。

……性格《せいかく》が悪いのは、むしろ私《わたし》のほうかもしれないな。

「私《わたし》はなんともないよ。これから一生つづく重責《じゅうせき》に、ちょっとくらくらしてるだけ。オルガのほうはどう? 使える魔法《まほう》は無事に覚えられた?」

魔法《まほう》使いは、自分に親和性《せい》のある魔法《まほう》であればあるほど、ひと目見ただけで知識《ちしき》を吸収《しゅう》するらしい。はじめて《本》を読んだオルガなら、そこに書かれた魔法《まほう》をそらで言えるほど覚えたはず。まあ、オルガがそらで言ったとしても、《本》にかけられた呪《のろ》いのせいで、言葉は雑音《ざつおん》にしかきこえないんだろうけれど。

そこまで考えて、いやちがう、と私《わたし》は気づいた。

私《わたし》は《本》を読める。すべてのページにわたって。

私《わたし》だけは、オルガやほかの魔法《まほう》使いが口にした魔法《まほう》の知識《ちしき》や呪文《じゅもん》をすべてききとれるはずだ。《本》から知識《ちしき》を得《え》た人間は、その知識《ちしき》を認識《にんしき》できるのだから。

とんでもないことに気づいてしまった。

つまり、私《わたし》は《本》が読めることを隠《かく》すだけじゃなく、魔法《まほう》使いが使う魔法《まほう》や呪文《じゅもん》を認《にん》識《しき》できることも、うまく隠《かく》して生きていかなきゃならない。これから一生。

わお。

ぜんぜんうれしくないな。

オルガは私《わたし》をにらみつけたまま、動かなかった。

「アリーチェって、話題を変えるのがうまいよね。学校のみんな、だれも気がついてないんじゃない？　あんたが都合の悪いことを華麗《かれい》にスルーしまくってることに」

これには、かちんときた。

「オルガだっておなじでしょ」

「私《わたし》はぜんぜん、下手。だからときどき不審《ふしん》がられて、陰《かげ》で悪口を言われてることも知ってる。でも、あんたはいつもうまくやってるよね」

「知らないだけで、私《わたし》だって陰口《かげぐち》言われてるかもよ」

「ううん、言われてないよ。あんたのことだけは、だれも悪く言わない。すごいと思うよ。

アリーチェは天性《てんせい》の《守り手》なんだろうね」

オルガにそう言われると、本当なのかもって気がしてきた。

なにしろ、オルガと私《わたし》は仲が悪いって、学校のみんなが思ってる。私《わたし》のことをあしざまに言いたいなら、オルガ相手がいちばん安全なはずだ。

「そう、なんだ」

ちょっとうれしくなったけれど、オルガの目を見て、すぐにむっとした。オルガは私《わたし》に敵《てき》がいないことが、あまりうれしくないようだ。

私《わたし》は立ちあがって《本》に手をかけた。

「読み終えたんなら、そう言ってよ。片《かた》づけるから」

「待ってよ、話は終わってない」

「いまは話すための時間じゃないから!」

「ここの外ではろくに会話もできないでしょ、私《わたし》たち」

なにそれ。

ここでだって、仲良くしちゃだめなんだよ、私《わたし》たちは。

友だちになんか、なれないんだから。

かっと頭に血がのぼって、オルガをわざと押《お》しのけた。

「とにかく、《本》をしまうから――」

「ちょっと、まだ――」

一瞬《いっしゅん》もみ合う形になって、次の瞬間《しゅんかん》。

《本》が台からずり落ち、机《つくえ》から落ちた。

魔法《まほう》にかかったみたいに、なにもかもがゆっくりに見えた。私《わたし》の体は動かなくて、オルガの顔がゆがんでいて、気がついたら《本》が床《ゆか》に激突《げきとつ》して、ばさばさっとページが床《ゆか》に広がった。こぼれたミルクみたいに、床《ゆか》一面に。

革表紙《かわびょうし》が外れ、ページをつないでいた糸が切れて、すべてのページがばらけた。

私《わたし》たちは思わずひじ掛《か》け椅子《いす》の上に避難《ひなん》した。羊皮紙が床《ゆか》に広がって、靴《くつ》で踏《ふ》んでしまいそうになったからだ。私《わたし》たちはおたがいの腕《うで》をつかみ、声にならない悲鳴をあげた。《守り手》ではないオルガも、これがどんなことなのか見当がついたみたいだ。

すべての魔法《まほう》使いが喉《のど》から手が出るほど欲《ほ》しがっている《本》。

みんなのもので、だれのものでもない《本》。

それを、壊《こわ》した。私《わたし》が。

最悪。

最悪、最悪、最悪!

「降《お》りないで。私《わたし》がなんとかするから!」

ささやき声で命令すると、オルガはこくこくとうなずいた。

靴《くつ》をぬぎ、ゆっくりとひじ掛《か》け椅子《いす》から足をおろした。紙に折り目がつかないよう、細心の注意を払《はら》いながら足を運んでそっと羊皮紙をかき集める。数枚《まい》拾ってはとんとんそろえて机《つくえ》に置き、また数枚《まい》拾ってはオルガに手わたして、そろえてもらい。

胃《い》がひっくり返りそうだった。

おばあちゃんにこの惨状《さんじょう》を見られたら、どやされるくらいじゃすまない。

さいわい、魔法《まほう》使いに《本》を読ませているあいだはだれも邪魔《じゃま》できないことになっているから、おばあちゃんがとつぜんドアをあけてくることはない。

紙を拾い集め、床《ゆか》に這《は》いつくばって見落としたページがないかをチェックした。オルガがまとめてくれた紙束と、金縁飾《きんぶちかざ》りのついた表紙が机《つくえ》にのった。

とりあえず、ため息。

さあ、問題はここからだ。

「これ、直せる?」

オルガが真っ白な顔できく。私《わたし》は首をふった。

「お父さんなら、もしかしたら……」

「だめだよ! 《守り手》でもない非魔法族《ひまほうぞく》が《本》に触《さわ》るなんて」

ちょっぴりむかっとしたけれど、オルガの言うとおりだ。

理由はともかく、お父さんに直してもらうのは却下《きゃっか》。お父さんは口がかたいほうじゃない。ぜんぜん。なんで《守り手の一族》と結婚《けっこん》できたの? ってくらい、嘘《うそ》が下手だ。

「どうする? バーバラさんに相談して……?」

「おばあちゃんには言えないよ!」

私《わたし》はさけんだ。まあ、そうだよねって顔で、オルガがうなずく。

「じゃあどうするの?」

「……わかんない」

ああ、もう。

ただでさえ問題が山積みで、考えなきゃいけないことがたくさんあるのに。

オルガはしばらくあごに手を当てて考えこんでいたけれど、やがて顔をあげて言った。

「明日、となり町でフリーマーケットがあるでしょ？　《錬金術師《れんきんじゅつし》》のひとりが趣味《しゅみ》で毎回出店してるらしいって、お母さんが話してた」

「《錬金術師《れんきんじゅつし》》？」

私《わたし》はまゆをひそめた。

錬金術《れんきんじゅつ》って、鉄くずを金に変えたり、不老不死の石を作ったりする魔法《まほう》だよね？

「材料さえあれば、ものを作り変えられるのが《錬金術師《れんきんじゅつし》》。壊《こわ》れたものを直すのも得意《とくい》だってきいてるよ。持っていって、直してくださいってたのむしかないんじゃない？」

数日前なら、一も二もなく反対していただろう。

だいたい、《本》を家から持ち出すなんてもってのほかだ。この世でいちばん大切なものなのに、なくすかもしれない危険《きけん》はおかせない。

でも、私《わたし》は《守り手》の仕事がいやになりはじめていた。どこかでなおざりになっていたのかも。だからこそ、《本》を乱暴《らんぼう》にあつかって壊《こわ》してしまった。

それに……この状態《じょうたい》の《本》を見おろしたいま、選択肢《せんたくし》はかぎりなく少ない。

「……共犯者《きょうはんしゃ》になってくれる？　オルガ。《錬金術師《れんきんじゅつし》》のところまで付きそってほしい」

さすがに、《本》を持ってひとりでとなり町まで行くのはこわかった。今日だって私《わたし》は外にいるあいだ、いっときも休まずだれかの視線《しせん》を感じていたのだ。

オルガはとくに深く考えず、すぐに「いいよ」と答えた。

「身の守り方は、さっき覚えたから」

ほっとして、私《わたし》は「ありがとう」と言った。それから、肩《かた》から提《さ》げていたポシェットの口をあける。ぜったいに入らないだろうと思うようなサイズなのに、《本》だった紙束はなんの引っかかりも感じることなく、ポシェットにするっと入った。

「いいじゃん、それ」

オルガがポシェットを褒《ほ》めてくれたので、私《わたし》はちょっとうれしくなった。

「でしょ」

VI 《錬《れん》金《きん》術《じゅつ》師《し》》

となり町まではバスを使った。

おばあちゃんにおそるおそる「友だちと約束しちゃったから、今日は出かけたい」と言ったら、ひょうしぬけするほどあっけなく「もちろんいいよ」と言われた。

「誕生日《たんじょうび》からこっち、気がぬけないようだったからね。せっかくだから羽を伸《の》ばしておいで。おばあちゃんは大丈夫《だいじょうぶ》。なにしろいまは、この世にふたりも《守り手》がいるんだから」

それをきいて、ちょっとだけ後ろめたくなった。

おばあちゃんは、もう何十年もひとりで《守り手》をやってきた。どんなにたいへんでも、だれかに相談したくても、ひとりでかかえこまなきゃいけなかった。

なのに私《わたし》は《守り手》になったとたん、あこがれていたはずの仕事に文句《もんく》たらたらで、伝統《でんとう》を変えたいとか考えはじめて、あげくのはてには《本》を壊《こわ》して家から持ち出そうとしている。

もしかして、私《わたし》ってとんでもない不良娘《むすめ》なんじゃないかな?

オルガはつぎのバス停《てい》で乗りこんできた。私《わたし》を見つけて、すぐうしろの席にすわる。話しかけてはこないけど、なにかあったら私《わたし》を守れるように、つかず離《はな》れずの距離《きょり》を保《たも》つことになっているんだ。

私《わたし》は《呪具師《じゅぐし》》からもらった黄色いポシェットを、なにげない感じでひざの上にのせていた。

家を出たときから、やっぱりだれかの視線《しせん》を感じる。だけどその視線《しせん》を無視《むし》して、窓《まど》から見える景色に集中した。バスが停《と》まるたびに人がおおぜい乗りこんでくるので、目的地で降《お》りられるか心配になったけれど、目当てのバス停《てい》に着くと、ほとんど全員がそこで降《お》りた。

フリーマーケットはたくさんの人でごった返していた。

クラスメイトも来ているはずだからと、ぐうぜん会ったときの言い訳《わけ》を用意していたけれど、そんな心配はなさそうだ。ここじゃ、知り合いを探《さが》すほうがむずかしい。

知り合いを探《さが》すのがむずかしいってことは、つまり《錬金術師《れんきんじゅつし》》を探《さが》すのもむずかしいってことで。

町の中心の広場から放射状《ほうしゃじょう》に伸《の》びた通りいっぱいに出店があった。シートを敷《し》いて古道具を売る人や、荷台に花をのせて売る人、パンやお菓子《かし》、アクセサリーや家具なんかも売られている。車でここまで来て、路肩《ろかた》に停《と》めてその前でお店を出しているようなお金持ちっぽい人もちらほら。道路は人が海のようにおおいつくしていて、たまに通りかかる車は人波に阻《はば》まれ、のろのろと進むことしかできない。

ちらっとうしろのオルガに目をやり、はぐれていないことを確認《かくにん》してから、ひとり歩きはじめた。

フリーマーケットに来たのは数回目だけど、いつ来てもわくわくする。どこへ目をやっても、値切《ねぎ》り交渉《こうしょう》や売り買いの現場《げんば》に遭遇《そうぐう》する。いつのまにか、私《わたし》を追う視線《しせん》なんて気にならなくなっていた。ときどき飴細工《あめざいく》やマフィンを買い食いしながら、目的を忘《わす》れて楽しんでしまったくらい。

二時間くらい歩き回って、やっと《錬金術師《れんきんじゅつし》》を見つけた。

鏡立てを売るおじいさんと敷《し》き布《ぬの》を売る女の人のあいだに、フラスコや小瓶《こびん》をならべたお店が出ていた。どうやら化学の実験道具を売っているらしい。商品のうしろで新聞に目を落とす、赤毛の男の人がいた。

まちがいない。私《わたし》の誕生日《たんじょうび》、裏庭《うらにわ》に来ていた人だ。

私《わたし》はそっと近づいて、なにげないふうを装《よそお》ってアルコールランプを手に取った。新聞をながめていた男の人がふっと目をあげ、私《わたし》に気がついて片方《かたほう》のまゆをつりあげる。

「これ、なにに使うんですか？」

学校で見たことがあるくせに、しらじらしくそう言った。なんとか会話の糸口を見つけたかったからだ。四十代半ばくらいの《錬金術師《れんきんじゅつし》》は私《わたし》をじいっと見つめ、ばさばさと新聞紙をたたんで足を組みかえた。

「冷やかしはおことわりだ」

「えっと、ちがうんです。私《わたし》は……」

「それと、化学以外の興味《きょうみ》関心もおことわりだ。ここでは現実《げんじつ》的な話しかしたくない。オカルト、まじない、心霊現象《しんれいげんしょう》あたりの非《ひ》科学的な会話をしたいなら、よそへ行ってくれ」

私《わたし》はごくりとつばを飲みこんだ。

魔法《まほう》使いは、基本《きほん》的に非魔法族《ひまほうぞく》にまぎれて暮《く》らしている。魔法《まほう》なんて物語のなかでしか知りませんっていう顔をして、非魔法族《ひまほうぞく》のふりをして生きているんだ。我《わ》が家が昼間は本屋として暮《く》らしを立てているのとおなじ。この人は私《わたし》に向かって、ここで魔法《まほう》の話はするなと釘《くぎ》を刺《さ》してる。

でも、話を進めないことには、ここまで来た意味がない。

私《わたし》はすうっと息を吸《す》いこんだ。

「ちょっと、お話しできません？　ふたりきりになれるところで」

最高にがやがやしたフリーマーケットのど真ん中でするような提案《ていあん》じゃなかったかもしれない。だけど私《わたし》は一生懸命《けんめい》に相手を見つめて「お願い」って顔をした。

これ、お父さんには効《き》くんだけどな。

不機嫌《ふきげん》な顔の《錬金術師《れんきんじゅつし》》には、あんまり効果《こうか》がないっぽい。

男の人はいらだたしげに頭をがしがしかくと、はあっとため息をついて私《わたし》の背後《はいご》をあごでしゃくった。

「三人きりのまちがいだろ」

そう言ったとたん、オルガが私《わたし》のとなりに立っていた。まっすぐ《錬金術師《れんきんじゅつし》》を見て「《守り手》に恩《おん》を売るチャンスだよ。興味《きょうみ》ないの？」と言いながら腕《うで》を組む。

《錬金術師《れんきんじゆつし》》はもう一度ため息をついた。オルガにそう言われても、興味《きょうみ》はあいかわらずなさそうだ。むしろ、こんなことは本当にうんざりだ、って顔をしている。

それでも、いちおう話くらいはきいてくれる気になったらしい。おもむろに立ちあがり、商品に布《ぬの》をかけて「外出中」のメモを上にのせると、ちょいちょいと指で私《わたし》たちを招《まね》き寄《よ》せた。出店の背後《はいご》には小さな車が一台あって、《錬金術師《れんきんじゆつし》》はそれに乗りこんでいく。

私《わたし》はオルガと顔を見合わせた。でも、それも一瞬《いっしゅん》のこと。

すぐに、三人入ったらいっぱいになってしまいそうな車に乗りこんで、ドアをしめた。

車のなかは、研究室になっていた。

テーブルには、謎《なぞ》の液体《えきたい》が入ったフラスコやビンがならび、ろうそく、植物、鉱物《こうぶつ》なんかがあけっぱなしの引き出しいっぱいに詰《つ》めこまれている。ホルマリン漬《づ》けにした生き物の標本や、骨《ほね》の標本が棚《たな》の上にずらりとならび、化学記号や星座《せいざ》の描《えが》かれた羊皮紙が壁《かべ》に貼《は》られ、床《ゆか》にはチョークで何度も書いては消された錬成陣《れんせいじん》のあとが残っていて、それを隠《かく》すように古びたラグが敷《し》かれていた。

うす暗い地下室みたいな場所ではなく、窓《まど》がいくつもあって、庭で子どもたちが犬と遊んでいる声がした。小鳥が鳴いていて、風が庭の木々を揺《ゆ》らして、花のにおいが風に乗って運ばれてくる。

どう考えても、この部屋があるのはフリーマーケットのど真ん中じゃない。

《錬金術師《れんきんじゅつし》》はフラスコや鉱物《こうぶつ》を押《お》しやってテーブルの上にスペースを作り、そこにお尻《しり》をのせてすわると、私《わたし》たちをにらんで腕《うで》を組んだ。

「で？　おれの優雅《ゆうが》な日常《にちじょう》をぶち壊《こわ》した理由はなんだ？」

オルガが私《わたし》をひじでこづいた。私《わたし》は進み出てポシェットに手をつっこみ、お母さんのストールに包んだ《本》をやっとこさ取り出すと、《錬金術師《れんきんじゅつし》》の横にどさりと置いた。

ストールをほどいて中身をさらすと、《錬金術師《れんきんじゅつし》》はぎょっとしたようにテーブルからすべり降《お》り、「まじかよ」とつぶやいた。そして私《わたし》に非難《ひなん》するような目を向ける。

「責任《せきにん》を負わせるにはガキすぎるとは思っていたが。《守り手》になって一週間もしないうちに、これか」

「壊《こわ》れたものを直すのは得意《とくい》でしょ？」

オルガが嫌味《いやみ》を無視《むし》して言った。《錬金術師《れんきんじゅつし》》は片《かた》まゆをつりあげ、オルガを見た。

「まず、そのえらそうな態度《たいど》をやめろ。年長者には礼儀《れいぎ》正しくするんだな」

「私《わたし》、あなたより強い魔法《まほう》使いなんだけど」

オルガが自信たっぷりにそう言うので、ちょっとおどろいた。

昨日はじめて《本》を読んだはずなのに、オルガはこの人より自分が格上《かくうえ》だっていう確《かく》信《しん》を持っているみたい。これが魔法《まほう》使いっていう人種なんだろう。魔法《まほう》の強さで自分の価《か》値《ち》をはかって、少しでも相手より上だと判断《はんだん》できたら、あとは高圧《こうあつ》的にふるまえる。

魔法《まほう》使いにとって、お金や容姿《ようし》のよさや社会的な評価《ひょうか》なんてものは、まるで価値《かち》がない。魔法《まほう》の強さがすべてで、人として尊敬《そんけい》できるかどうかのものさしなんだ。

だけど《錬金術師《れんきんじゅつし》》はうるさそうに頭の横で手をふった。

「おれは《錬金術師《れんきんじゅつし》》の家に生まれちまったから、このくだらないごっこ遊びに付き合ってやってるだけだ。魔法《まほう》なんざ、いまどきなんの役に立つ？　儀式《ぎしき》だの伝統《でんとう》だのは、そりゃ保守《ほしゅ》的な連中にとっては大切なんだろうから尊重《そんちょう》するが、ふつうに暮《く》らしてくぶんにはおれの好きにさせてもらう」

「へーえ。たしかに、魔法《まほう》を使わずにうまく暮《く》らしてるみたいだもんね」

オルガは車につながる扉《とびら》をちらりと見ながら言った。《錬金術師《れんきんじゅつし》》は肩《かた》をすくめた。

「自宅《じたく》と車の扉《とびら》をつなげただけだ。たいした魔法《まほう》じゃない」

「あっそ」

「私《わたし》、とてもこまってるんです！　お願いです、《本》を直してくれませんか」

私《わたし》が言うと、《錬金術師《れんきんじゅつし》》は顔をしかめてこちらをにらんだ。

「あんたを助けて、おれにメリットは？」

「直してくれたら、私《わたし》が帰る時間まで《本》を読んでくれてけっこうです」

「あんたが帰るまで、か。だが、読むあいだも、おれが直すあいだも、あんたはおれのことを見張《みは》ってるつもりだろ？」

私《わたし》はくちびるを噛《か》んだ。

「はい。ごめんなさい。一ページでもぬき出されたら、私《わたし》はもっとこまったことに……」

《錬金術師《れんきんじゅつし》》は「ストップ」というように私《わたし》へ手のひらを向けた。

「いい、いい。みなまで言うな。《守り手》は魔法《まほう》使いを信用しないもんな」

私《わたし》はもっとくちびるを噛《か》みしめていた。

《守り手》は魔法《まほう》使いと一線を引かなきゃいけないと教わってきた。けれど、それは魔法《まほう》使いからすれば、自分たちが《守り手》に信用されていないと言われているようなものだ。魔法《まほう》使いから自分たちがどう見えているかなんて、考えたこともなかった。《守り手》って、じつはどんな非魔法族《ひまほうぞく》よりも、魔法《まほう》使いと壁《かべ》があるのかもしれない。

「さしずめ《祈祷師《きとうし》》の娘《むすめ》はあんたのボディガードで、一日だけ付き合ってくれてんだろ？」

オルガは肩《かた》をすくめ、私《わたし》はうなずいた。

「はい」

「ま、こっちの世界はルールばかりだからな。正直、おれも《黒魔術師《くろまじゅつし》》には共感してるよ。危険《きけん》な人間だと思われるから、大きな声じゃ言えないが」

ため息をつき、頭をがしがしかいて、《錬金術師《れんきんじゅつし》》はぱちんと手を打った。

「わかった、やるよ。錬成陣《れんせいじん》を書くから、ちょっとどいてろ」

「ああ。ありがとう、ありがとう！」

私《わたし》とオルガは邪魔《じゃま》にならないように部屋のすみに移動《いどう》した。

《錬金術師《れんきんじゅつし》》は腕《うで》をまくり、ラグを蹴《け》って移動《いどう》させると、チョークを手にして頭をがしがしかきむしった。私《わたし》がかかえている《本》にちらりと目をやって、床《ゆか》に真円を描《えが》いて記号を書きつらねていく。

庭から風が吹《ふ》きこんできて、のどかだった。

どこからかきこえてくる子どもの笑い声と、ボールを打つバットの音。

「ふだんはなんの仕事をしてるの？」

オルガが声をかける。集中させろとどやされるかな、とどきどきしたけれど、《錬金術《れんきんじゅつ》師《し》》はあっさり答えた。

「大学で化学を教えてる。錬金術《れんきんじゅつ》よりいい。ほかの人間に知識《ちしき》を伝えられるからな」

私《わたし》はぎゅっと《本》を抱《だ》きしめた。

「でも、化学より錬金術《れんきんじゅつ》のほうが、できることが多くありません？」

「できたとしても、共有できない。自分ひとりが魔法《まほう》を使えたって意味ないだろ。ほかの人間もおなじように使えないと、インフラには使えない。おれは世界を便利にしたい。自分ひとりが便利になる世界じゃなくて」

立ちあがり、錬成陣《れんせいじん》をしげしげながめ、移動《いどう》しながらしゃがみこんで記号を書き加える。

「その《本》で知り得《え》たことは一代かぎりしか使えない。一代きりだぞ。この三百年で魔《ま》法族《ほうぞく》が大幅《おおはば》に減《へ》ったのもうなずけるよ。このままじゃ、そのうちだれも魔法《まほう》なんか使えなくなるだろうな」

「そんなこと、あるはずない！」

思わず大声で反論《はんろん》してしまい、恥《は》ずかしくて顔が熱くなった。

オルガが静かにこっちを見ているけれど、目を合わせられない。

《錬金術師《れんきんじゅつし》》は肩《かた》をすくめ、カツカツとチョークで床《ゆか》に書きつけた。

「……だって、魔法《まほう》がこの先もつづくために、《守り手》がいるのに……」

そのために、私《わたし》たち家族は魔法《まほう》使いに利用されてきた。なのに、魔法《まほう》使いの口から《本》なんて意味がなかった、なんて言われたら……私《わたし》たちの存在《そんざい》って、なんだったの？

「おれは、魔女狩《まじょが》りから同胞《どうほう》を守るために《本》が作られた歴史《れきし》は否定《ひてい》しない。だが、そろそろやり方を改めるべきだ。おれのように、あとを継《つ》ぐのに積極的じゃない人間もいるからな。あんたの母親だって、十三歳《さい》のときに《守り手》になることを拒《こば》んだだろ？」

ちらりと目を向けられて、なにも言い返せなかった。

それはそう。魔法《まほう》使いの一族に生まれたって、魔法《まほう》使いになりたくない人だっているだろう。みんながみんな、私《わたし》のように魔法《まほう》使いにあこがれるわけじゃない。子どものころは親に連れ出されて仕方なく《本》を読みに来るとしても、大人になって足が遠のく人だっているかもしれない。自分の子どもに魔法《まほう》を教えない人だって出てくるかも。

だとしたら……たしかに、魔法《まほう》使いは減《へ》る一方だ。

「具体的に、あんたはどうすればいいと思うの？」

オルガが腕《うで》を組んだまままきいた。

《錬金術師《れんきんじゅつし》》は「さっきも言っただろ」と軽く答えた。

「非魔法族《ひまほうぞく》にも門戸をひらくべきだ。魔法族《まほうぞく》じゃない人間にも魔法《まほう》を教え、正式な魔法《まほう》使いとして認《みと》める。《黒魔術師《くろまじゅつし》》が主張《しゅちょう》してるとおりに」

おどろきすぎて、息が止まってしまうかと思った。

私《わたし》にとっては最近知った「非魔法族《ひまほうぞく》が魔法《まほう》使いになれるかもしれない」ということを、こんなにもふつうに話題にする魔法《まほう》使いがいたなんて。

でも、オルガにとってはふつうの話題ではなかったらしい。顔をしかめたまま言った。

「そこらへんの非魔法族《ひまほうぞく》に、魔法《まほう》が使えるわけないでしょ」

「さあ、それはおれは知らない。だれも検証《けんしょう》してないからな」

「だいたい、《黒魔術師《くろまじゅつし》》は魔法界《まほうかい》を混乱《こんらん》させたくてそんなことを言ってるだけだよ。社会が混乱《こんらん》すれば人の命が軽くあつかわれるから、それをねらってるんでしょ」

「そうなんだろうな」

《錬金術師《れんきんじゅつし》》は手を止め、しゃがんだまま私《わたし》たちを見あげた。

「おれだってあいつの動機には賛同《さんどう》しない。だが、主張《しゅちょう》自体には賛成《さんせい》だ。だがまあ、《黒《くろ》魔術師《まじゅつし》》がのぞむような未来なんか来ないほうがいいんだろうから、おれの考えていることも実現《じつげん》なんかしないだろう。べつにそれでもかまわんよ。魔法《まほう》がこの世から消え失《う》せるだけだ」

《錬金術師《れんきんじゅつし》》ははずみをつけて立ちあがり、チョークの線を踏《ふ》まないように気をつけて私《わたし》の前に来た。

「《本》を真ん中に置いてくれ。線は踏《ふ》むなよ」

「あ——ありがとう」

私《わたし》は頭をぐるぐる悩《なや》ませながら、注意深く錬成陣《れんせいじん》のなかに入ろうとした。

「ちょっと待って」とオルガがするどい声をかけ、びくりと立ち止まる。

「なに？」

「ページは順番どおりになってるの？　床《ゆか》に散らばった紙をかき集めただけでしょ。このままじゃ、ページも上下もばらばらの本になっちゃうんじゃない？」

たしかに、と《錬金術師《れんきんじゅつし》》もうなずいた。

「組み直すことはできるが、完成形は保証《ほしょう》しないぞ。錬金術《れんきんじゅつ》は時間を逆行《ぎゃっこう》する魔法《まほう》じゃないからな」

「ああ。それなら……」

大丈夫《だいじょうぶ》。だって自分の部屋で、ぜんぶ順番どおりにならべ直してきたから。とは、言えない。

中身が読めないはずの私《わたし》がそんなことを言ったら、ふたりがどう思うか。

なので私《わたし》はごまかすように笑った。

「うち、本屋をやってるから。ページの黄ばみ方とかよれ具合で、どの方向が上下で、どの紙がどのあたりのページかくらい、けっこうわかるの。本当だよ」

「にしても、限度《げんど》があるだろ。貸《か》せ。少なくとも錬金術《れんきんじゅつ》の書いてあるページは覚えてる」

「私《わたし》も、自分のページなら」

そんな必要はないよ、なんて、言える雰囲気《ふんいき》じゃなかった。

私《わたし》は仕方なく《錬金術師《れんきんじゅつし》》がテーブルの上にあけたスペースに《本》を置いた。《錬金《れんきん》術師《じゅつし》》が手を伸《の》ばし、ばらけた《本》のページを慎重《しんちょう》にめくっていく。オルガはその横で、自分の読めるページがどのあたりか確認《かくにん》していた。

《錬金術師《れんきんじゅつし》》は錬金術《れんきんじゅつ》の書かれたページで手を止めた。じっと本文を見つめ、ぺらりとめくる。つぎのページにも、つぎの見ひらきにも目を通す。

《本》にはページ番号が印字されていたから、私《わたし》は昨日のうちにならべ直しておいた。何度も確認《かくにん》したから、上下も正しいし、ページのぬけもないはず。

でも、それこそがあやしまれるかもしれないとまでは、考えていなかった。

心臓《しんぞう》がばくばくと鳴っている。たのむから、はやくして。

「……どう、ですか？」

なるべく自信がなさそうにきこえるように、おそるおそる言った。《錬金術師《れんきんじゅつし》》はもう一枚《まい》ページをめくり、それから数枚《まい》ページをぬかして、そこのページも凝視《ぎょうし》した。

「完璧《かんぺき》だ」

「そう？　よかった！」

「この《本》、一度床《ゆか》に散らばって、ばらばらになったって言ったよな？」

オルガがうなずく。ふたりが私《わたし》を同時に見つめ、私《わたし》はごまかすようにへらっと笑った。

お願い。

そんな目で見ないで。

《錬金術師《れんきんじゅつし》》はそうっとばらけた《本》をとじて、言った。

「錬成陣《れんせいじん》の真ん中に置いてくれ」

私《わたし》はふたりの前から《本》を引き取ってきびすを返し、錬成陣《れんせいじん》の真ん中に置いて戻《もど》ってきた。《錬金術師《れんきんじゅつし》》は手近のろうそくに火をつけ、錬成陣《れんせいじん》の線の上に立てると、ひざまずいて錬成陣《れんせいじん》の線の上に手を置いた。そうして、錬金術《れんきんじゅつ》の呪文《じゅもん》を唱えはじめる。

オルガにはききとれないであろう呪文《じゅもん》を、私《わたし》は一から十まで理解《りかい》できた。思ったとおりだ。ちゃんと読みこんでいないのに、《本》のページをすべてめくって目を通したからか、私《わたし》には錬金術《れんきんじゅつ》が理解《りかい》できる。

もしかして……魔法《まほう》を使うことも、できるのだろうか。

《本》を読めることがわかってから、魔法《まほう》を使ってみようと思ったことはない。考えることが多すぎて、そこまで気が回らなかった。でも、もしかして。

私《わたし》って、すごい魔法《まほう》使いなんじゃない？

《本》をすべて読めるってことは、この世のすべての魔法《まほう》を使えるってことだもん。

錬成《れんせい》はあっけなく終わった。もっと、風が吹《ふ》いたり火花が散ったり、派手《はで》な錬成反応《れんせいはんのう》があるのかと思っていたんだけれど、びっくりするくらいすんなり。

《錬金術師《れんきんじゅつし》》が立ちあがり、《本》を持ちあげてぱらぱらめくる。

「成功だ」

私《わたし》はぴゅっとかけていって《本》を受け取り、慎重《しんちょう》にページをめくった。

なにもかも、完璧《かんぺき》。あとは日が落ちるまでに家に帰って、キャビネット棚《だな》に戻《もど》せばいい。

おばあちゃんが《本》を出し入れするのは日が落ちてからだから、《本》を持ち出したことはバレずにすみそうだ。あと、だまって借りてきたお母さんのストールも、ついでに返しておかないと。

「ありがとう、ありがとう、ありがとう！」

「いい時間だな。昼飯をどうだ？《祈祷師《きとうし》》のあんたも」

「いいの？」

「おれが《本》を読むあいだ、手持ちぶさただろ」

「なんだかんだ言って、《本》は読むんだね」

オルガが嫌味《いやみ》を言ったけれど、《錬金術師《れんきんじゅつし》》は肩《かた》をすくめただけだった。

《錬金術師《れんきんじゅつし》》は研究室を出て行き、椅子《いす》を二脚《きゃく》かかえて戻《もど》ってきた。

しばらくして、《錬金術師《れんきんじゅつし》》の奥《おく》さんとお子さんがふたり、あいさつにやって来た。まだ九歳《さい》の女の子と、七歳《さい》の男の子。十三歳《さい》になったら、この子たちも《本》を読みにうちへ来るようになるだろう。

奥《おく》さんは、私《わたし》のお父さんやオルガのお父さんとおなじで、非魔法族《ひまほうぞく》だった。

魔法《まほう》は、血の濃《こ》さで魔力《まりょく》の強さに影響《えいきょう》があるようなものじゃない。例えるなら、音楽家や職人《しょくにん》みたいなものだ。両親ともが魔法《まほう》使いでなくても、魔法《まほう》の才能《さいのう》は受け継《つ》がれる。

だから、魔《ま》法使《ほう》いは非魔法族《ひまほうぞく》ともふつうに結婚《けっこん》する。ただし結婚《けっこん》するときは、相手の了承《りょうしょう》を得《え》た上で、魔法《まほう》について口外できないように《秘匿《ひとく》の魔法《まほう》》をかけなければならない。

私《わたし》やオルガも、分別のない小さな子どものころは《秘匿《ひとく》の魔法《まほう》》をかけられて、非魔法族《ひまほうぞく》にぺらぺら秘密《ひみつ》を話さないようにされていた。非魔法族《ひまほうぞく》のなかで暮《く》らしていくなら、ぜったいに必要な魔法《まほう》だ。

《錬金術師《れんきんじゅつし》》の奥《おく》さんは、私《わたし》たちに簡単《かんたん》なサンドイッチと紅茶《こうちゃ》を出してくれた。はじめて会ったけれど、感じのいい人だった。ゆっくりしていってねと笑いかけ、私《わたし》たちの邪魔《じゃま》にならないよう、子どもたちを外に追い立てていった。

《錬金術師《れんきんじゅつし》》が《本》を読むあいだ、オルガは天文学の本を借りて読んでいた。私《わたし》は《守り手》として教えこまれたくせがぬけず、《錬金術師《れんきんじゅつし》》の手元をじっと見つめた。

助けてもらったくせに、相手を信用していないみたいで、気まずいったらない。

でも、子どものころからずっと「こうしなさい」と教わりつづけたことって、ちょっとやそっとではやめられないらしい。なにより、罪悪感《ざいあくかん》が邪魔《じゃま》をする。

「……さっきの話のつづきだが」

私《わたし》はふっと目をあげた。

《錬金術師《れんきんじゅつし》》が《本》を見つめながら、つぶやくように言った。

「非魔法族《ひまほうぞく》に魔法《まほう》を教えるなんて、本当は無茶だとわかってる。《本》には呪《のろ》いがかかっている。《本》で知り得《え》た知識《ちしき》は書き写せないし、口伝えに教えることもできない。おまけに、自分があつかえる魔法《まほう》しか読むことができないから、体系《たいけい》的に分類分けして研究することもできない」

「……はい」

そして非魔法族《ひまほうぞく》には、《本》を読むチャンスも与《あた》えられない。

魔法族《まほうぞく》にくらべて、非魔法族《ひまほうぞく》は数が多すぎる。全員に《本》が読めるかどうかをたしかめさせるなんて、現実《げんじつ》的じゃない。だいたい、重要性《せい》がわかっていない人に《本》を見せたりすれば、面白《おもしろ》半分に破《やぶ》ったり燃《も》やそうとしたりする人だって出てくるだろう。

「だが、《呪《のろ》い》なら解《と》く方法がある。かならずある。解呪《かいじゅ》法が《本》に書かれているかどうかは、おれには知るすべもないが」

《錬金術師《れんきんじゅつし》》は《本》をぱたりととじて、私《わたし》をじっと見た。あんたなら、わかるんじゃないか？　とでもいうように。

気づかれている。

この人は、私《わたし》が《本》を読めることを知ってしまった。

この人は本当に、ルールなんてどうでもいいんだ。魔法《まほう》使いのことも、《守り手》のシステムも、伝統《でんとう》も、いっそすべて変えてしまったほうがいいと思っている。

私《わたし》がやろうとしてることを相談できるとしたら……この人だ。

「……《黒魔術師《くろまじゅつし》》が言っていた魔女《まじょ》のことを、知りませんか？」

オルガにきこえないように、小さな声できいた。《錬金術師《れんきんじゅつし》》が首をかしげる。

「魔女《まじょ》？」

「このあいだ、私《わたし》の儀式《ぎしき》に来なかった魔法《まほう》使いのことです」

《錬金術師《れんきんじゅつし》》は私《わたし》をじっと見つめた。

「なんでそんなことを知りたい？」

「……くわしくは言えません」

「なら、おれも話すことはないな」

私《わたし》はこぶしをにぎりしめ、ちょっと迷《まよ》ってから言った。

「予言を受け取ったんです。ある魔女《まじょ》に会えって」

「予言……《予言者の一族》の予言か？」

うなずくと、こりゃたまげたな、と錬金術師《れんきんじゅつし》は頭をかいた。そっと部屋の反対側に目をやると、オルガが天文学の本から顔をあげて、こちらを見ていた。

どきりとする。私《わたし》たちの会話がきこえた？

「本当に会えと指示《しじ》されたのか？　なんでまた」

「私《わたし》には、さっぱり……」

「へえ。だがまあ、コンタクトを取る方法は知ってる。会いたいなら手配するが」

「いま？」

オルガが立ちあがり、「よくわかんないけど、やめて」と言った。

「今日はこのまままっすぐ帰るべき。そうでしょ。あんたは《本》を持ち歩いてんだよ？」

それはそう。オルガの言うとおりだ。

でも私《わたし》は、いまこそが予言のときだと感じていた。

フリーマーケットに来てから、あの、私《わたし》を追ういやな視線《しせん》を感じていない。《錬金術《れんきんじゅつ》師《し》》の家のなかもそうだった。私《わたし》は《錬金術師《れんきんじゅつし》》を信用しかけている。たぶん、オルガのことも。

「会わなきゃいけないのに、どこのだれかもわからなかったの。だから」

「まあ、予言には従《したが》ったほうがいい。《祈祷師《きとうし》》の娘《むすめ》は知らないだろうが、《予言者の一族》はすごい連中だった」

《錬金術師《れんきんじゅつし》》が言った。ほら！ と私《わたし》はオルガに笑ってみせた。

オルガはむすっとした顔で言い返した。

「予言があるのに、《黒魔術師《くろまじゅつし》》に滅《ほろ》ぼされた連中でしょ」

《錬金術師《れんきんじゅつし》》はオルガの言葉にまゆをひそめた。

「《黒魔術師《くろまじゅつし》》のしわざかどうかは、わかっていないはずだが」

「ぜったいそうでしょ。うちの一族はみんなそう言ってる。ほかにだれがいるの？」

《錬金術師《れんきんじゅつし》》はあきれたように肩《かた》をすくめた。

「ともかく、自分たちが滅《ほろ》びることも《予言者の一族》は知ってたはずだ」

「ちょっとよくわからないんだけど」

オルガは鼻で笑った。

「未来のわかる人たちが、どうして自分たちの運命を変えようと努力しなかったわけ？」

《錬金術師《れんきんじゅつし》》はため息をつき、あおぐように天井《てんじょう》を見た。

「《予言者》の予言は、都合のいいアドバイスじゃない。かといって、動かぬ未来を記した絶対《ぜったい》的な預言《よげん》ともちがう」

「……どういうことですか？」

私《わたし》はきいた。

《錬金術師《れんきんじゅつし》》は顔をしかめ、考えこむように言った。

「連中は年がら年中、予言を書き記していた。本人たちでさえ、自分がいったいなにを書いているのか、半分もわかっていなかったらしい。連中は書いた予言をはしから燃《も》やしていた。ほかのだれかが読む前に」

「なんでそんなこと……？」

「魂《たましい》が汚《よご》れるからだ」

《錬金術師《れんきんじゅつし》》は肩《かた》をすくめて答えた。

「《予言者》の予言は、正確《せいかく》な言葉の意味では《予言》じゃない。連中のそれは、未来を変える魔法《まほう》だ。予言を読んだ人間はかならず影響《えいきょう》を受け、行動を変える。そうやって未来に干渉《かんしょう》するんだ。《予言者》は予言を書いたそばから、未来がどう変わっていくかを感じ取れたらしい。未来が悪くなるとわかれば、それを燃《も》やしてなかったことにした。未来が悪化するとわかっていて放置すれば、彼《かれ》らの魂《たましい》は汚《よご》れ、心に影響《えいきょう》し、魔法《まほう》が弱くなる。だから連中は、つねによりよい未来を残すために、予言を書きつづけた」

私《わたし》はごくりとつばを飲んだ。

私《わたし》が生まれたときには、《予言者》はすでにこの世にいなかった。

彼《かれ》らの魔法《まほう》をくわしくきくのは、これがはじめてだ。

「予言は、ある程度《ていど》未来は変えられるが、大きな流れを変える力まではなかった。やつらにできたのは、自分たちが量産する予言のうちの、どれを残すべきかという取捨選択《しゅしゃせんたく》だけだ。だが、残された予言はかならず現実《げんじつ》になる。例外はない」

《錬金術師《れんきんじゅつし》》は私《わたし》を見た。

「あんたに託《たく》された予言も、そういうものだ。あんたが予言をどう読み、どう受け取り、どう誤読《ごどく》するかまで、予言が書かれた時点ですでに決まっている」

「私《わたし》が……選択《せんたく》することは、できないってこと?」

「もちろん、すべてあんたの選択《せんたく》だ。《予言者》は他人の運命を変えたりしない。《予言者》はただ、あんたの選択《せんたく》をあらかじめ知り、どの言葉で導《みちび》けば最善《さいぜん》の未来が来るかをわかっているだけだ。その上で、もう一度きくが」

私《わたし》はどきりとして、《錬金術師《れんきんじゅつし》》と目を合わせた。

「どうする。その魔法《まほう》使いに会うのか、会わないのか？」

「会わせてください」

私《わたし》は言った。

《予言者》の話をきいたいま、はっきりわかった。

決断《けつだん》を先送りにしちゃいけない。今日、会いに行くんだ。

オルガがうめいている。わかった、と《錬金術師《れんきんじゅつし》》は言って、私《わたし》に《本》を返した。

「我《わ》が家に非魔法族《ひまほうぞく》の魔法《まほう》使いを入れるつもりはない。おれは送り出すだけだ。あんたの会いたいやつのところまで扉《とびら》をつなげる」

「わかった。なにからなにまで、本当にありがとう」

「べつに。さっさと帰ってもらって、おれはフリーマーケットに戻《もど》りたい」

私《わたし》が《本》をポシェットにしまうあいだに、《錬金術師《れんきんじゅつし》》は私《わたし》たちが通ってきた扉《とびら》の前にむかった。ポケットからガラス製《せい》のスティックを取り出し、コツコツと戸枠《とわく》をたたきながら、ぶつぶつとなにかつぶやいている。

オルガが近寄《ちかよ》ってきて、「そこまで手助けするなんて言ってない」と文句《もんく》を言った。

「あんたがフリーマーケットに行って帰るまで、助けるって言っただけ。ほかの魔法使《まほう》い
からあんたと《本》を守る保証《ほしょう》はできないよ」

「大丈夫《だいじょうぶ》だよ、オルガ。信じて。きっとうまくいくから。そういう予言なの」

「予言が、《錬金術師《れんきんじゅつし》》が助けてくれるって言ったわけ？」

私《わたし》がなにか言う前に、《錬金術師《れんきんじゅつし》》が「来い」と私《わたし》たちを招《まね》き寄《よ》せた。

私《わたし》はオルガに「大丈夫《だいじょうぶ》だから」と笑いかけて、扉《とびら》の前にかけ寄《よ》った。すぐにオルガが
走り寄《よ》ってきて、私《わたし》の半歩前に立つ。

《錬金術師《れんきんじゅつし》》は最後にもう一度コンコンと扉《とびら》をたたいた。そして、言った。

「アウラ、ニマ。そこにいるか？」

私《わたし》はまゆをひそめた。

名前をふたつ呼《よ》んだ。そこに苗字《みょうじ》を足したとしても、三つだ。

そういえば私《わたし》、《四つの名を持つ魔女《まじょ》》に会いたいとは伝えていなかった。ただ、あの
夜《黒魔術師《くろまじゅつし》》のガブが言っていた魔法使《まほう》いに会いたい、と言っただけ。

コンコン、とノックが返ってきて、《錬金術師《れんきんじゅつし》》が扉《とびら》をあけた。

住宅街《じゅうたくがい》の、路地裏《うら》のようなところだった。両側に背《せ》の高い建物がせまっていて、直射日《ちょくしゃ》光の当たらない長い路地のずっと向こうに、人影《ひとかげ》がふたつ、ならんで立っていた。

白と黒の影《かげ》。

気がつくと、私《わたし》たちはドアの向こうに押《お》し出された。つんのめってふり返ると、《錬金《れんきん》術師《じゅつし》》が「じゃあな」と言い残し、ばたんと扉《とびら》をとじてしまった。まばたきしたとたん、その扉《とびら》は消え失《う》せ、袋小路《ふくろこうじ》があるだけだった。

視線《しせん》を感じて、ぞわりと肌《はだ》が粟立《あわだ》った。

すぐにわかった。この視線《しせん》を知っている。

ここ最近感じていた、私《わたし》を追いかける視線《しせん》とおなじもの。

道の先の人影《ひとかげ》が、ゆっくりとこちらに歩いてくる。ふたりの魔法《まほう》使いだ。ひとりは黒いワンピースを着て、ひとりは白いワンピースを着ている。ふたりとも、ちっとも似《に》ていないのに、どこか雰囲気《ふんいき》が似通《にかよ》っている。

この雰囲気《ふんいき》も、私《わたし》は知っていた。そして、なにに似《に》ているのかにも気がついた。

このふたりは《四つの名を持つ魔女《まじょ》》じゃない。《黒魔術師《くろまじゅつし》》だ。

《黒魔術師《くろまじゅつし》》のガブの、娘《むすめ》たちだ。

VII 《黒《くろ》魔《ま》術《じゅつ》師《し》》の双子《ふたご》

白いワンピースの魔法《まほう》使いが、くすくす笑いながら言った。

「アウラ、見て。《守り手》の女の子だ」

黒いワンピースの魔法《まほう》使いがにこにこしながら答える。

「ほんとだね、ニマ。これでやっと話ができる」

ふたりとも、ゆっくりこちらに歩いてきていた。

オルガが私《わたし》の手首をぎゅっとつかむ。痛《いた》いくらいに。

それで私《わたし》ははっとした。近づいてくるふたりの魔法《まほう》使いから視線《しせん》をふり払《はら》い、意思の力でオルガに目を向ける。オルガは顔をしかめたまま、私《わたし》じゃなく、地面に目を向けていた。

うっかりふたりを見てしまわないように。

「自分の目と耳を信用しないで」

オルガが早口にささやく。

私《わたし》は恐怖《きょうふ》に飲みこまれそうになりながら「なんで?」とバカな質問《しつもん》をしていた。

オルガは律儀《りちぎ》にも、質問《しつもん》に答えた。

「《黒魔術師《くろまじゅつし》》は、おしゃれで黒めがねとピアスをつけてるわけじゃない。あの双子《ふたご》に自分の《目》と《耳》を与《あた》えたの。なんの魔力《まりょく》もない非魔法族《ひまほうぞく》でも、魔法《まほう》が使えるように!」

「ねえ、なんの話をしているの?」

ニマ、と呼《よ》ばれたほうの、白い魔法《まほう》使いがにこりと笑って首をかしげた。やわらかな、それでいて場の空気を支配《しはい》するような声で。

私《わたし》は混乱《こんらん》していたんだと思う。それになんだかんだいって、魔法《まほう》使いに攻撃《こうげき》される経験《けいけん》なんかなかった。それでうっかり「なんでもない」と口走ってしまい、オルガがうめいた。

「答えちゃダメだよ、バカ!」

しまった、と思ったときには遅《おそ》かった。

リーン、と音がした。遠くからきこえる音。なぜかなつかしい。

リーン。

あれ、と思った。

ほかにはなにもきこえない。

不思議な感覚だった。さっきまで心臓《しんぞう》が破《やぶ》れそうなくらいあせって、どきどきしていたのに、いまやすっかり落ち着いている。

いつのまにか、ひらけたところにいた。遠くに町が見おろせる、どこかの展望台《てんぼうだい》だ。屋根があるおかげで、陰《かげ》になっていてすずしい。私《わたし》はそこに立ちつくしていて、となりに黒い魔法《まほう》使いのアウラがいた。彼女《かのじょ》はにっこり笑って私《わたし》の手を取った。

ひんやりした手。自信たっぷりな黒い瞳《ひとみ》で、アウラは私《わたし》をぐりぐり見つめた。

「うれしい。ずっとあなたとお話ししたかったの。でも、あなたがのぞまないと、話しかけることさえできなかった。守りの魔法《まほう》が強力で」

うまく考えることができなかった。

心がベールのようなものでおおわれているような。あらがいたいのに、うまくできない。

私《わたし》はアウラを見つめ返し、ゆっくりと首をかしげた。

「あなたは……私《わたし》に、危害《きがい》を加えようとしているの？」

アウラはまばたきをした。目が不自然にきらりと光る。白目がなくなって、ぜんぶ黒目だけになったようなきらめき方。

「どうして？　そんなことしない。お友だちになりましょうよ」

反対側の手もにぎられて、見ると、ニマがにっこり笑っていた。リーンという音は、彼《かの》女《じょ》からきこえてくるような気がした。でも、とても耳に心地《ここち》いい。

いつのまにか、私《わたし》たち三人だった。

展望台《てんぼうだい》から、山にかこまれた町を見おろしている。空が青い。風が吹《ふ》きぬける。

もうひとり、ここにいたような気がする。

でも……だれだっけ？

「あたしたち、あなたとおなじなの。非魔法族《ひまほうぞく》の家に生まれて、自分のやりたいことを『できっこない』『あきらめろ』って言われつづけてきた」

ニマが言った。白っぽいまつげが、かなしげに伏《ふ》せた目をちらちらと隠《かく》している。

私《わたし》はなんだか、彼女《かのじょ》がかわいそうになった。同情《どうじょう》して、心がしんみりとした。

「そうだったんだ」

「でも、ガブはちがった。あたしたちの夢《ゆめ》を笑わなかった。居場所《いばしょ》をくれた」

ガブ。うん、知ってる。あのやさしそうな人ね。この人たちは彼《かれ》の娘《むすめ》たち。

でも、目の前にいるふたりの魔法《まほう》使いは、あの《黒魔術師《くろまじゅつし》》よりも少し年上に見える。

私《わたし》の心を読んだみたいに、アウラが言った。

「あたしたち、養子なの」

ニマも言った。

「家族は選べるのよ」

「自分で選んだ家族のほうがいいものよ。血のつながりのある家族なんて、本当に絆《きずな》があるかどうかわかったもんじゃないもの」

そうかな？　でも、私《わたし》の家族にはちゃんと絆《きずな》があるよ。

「じつの家族にいじめられる人は、現実《げんじつ》にたくさんいるでしょ」

それは……そうかもしれないけど。

「じつの家族に捨《す》てられる人だっている」

否定《ひてい》できない。そう思った。

ニマがじいっと、私《わたし》の目をのぞきこんでくる。

「あなたの家族も、完璧《かんぺき》だと言える？　なにもかもわかり合っていると言える？」

すぐには答えられなかった。

おばあちゃんは、お母さんが《守り手》を継《つ》いでくれなかったときにがっかりしたはずだ。そしてお母さんは、私《わたし》が《守り手》を継《つ》いでしまったことでがっかりした。

私《わたし》たちは家族なのに、ちっともわかり合えていない。

「でもそれは、当たり前のことなのよ」

アウラが言った。

「いくら血がつながってたって、べつの人格《じんかく》を持った、他人なんだから」

ニマが言った。

そうかもしれない。きっとそうだ。

生まれは関係ない。

非魔法族《ひまほうぞく》だろうが《守り手》だろうが、《本》を読む権利《けんり》はあるはずだ。

私《わたし》だって、魔法《まほう》使いになれるはず。

「さあ、あたしたちのことは話したわ」

アウラが言った。

「今度はあなたの秘密《ひみつ》を教えて」

ニマが言った。

「あなたはあたしたちの知りたいことを、知ってるんじゃない？」

私《わたし》の……私《わたし》の秘密《ひみつ》は……。

「私《わたし》、《本》がすべて読めるの。《まえがき》もページ番号も、すみからすみまで、ぜんぶ。だから、もしかしたら私《わたし》、すごい魔法《まほう》使いなのかもしれない」

バタッと、いきなり視界《しかい》が壊《こわ》れた。

ううん、そうじゃない。ニセモノの光景とニセモノの音が消え去ったんだ。

私《わたし》は長い路地裏《うら》に立っていた。ひんやりした屋根付きの展望台《てんぼうだい》にいると思っていたのは、住宅街《じゅうたくがい》の裏手《うらて》につっ立っていたせい。目の前には似《に》ていない双子《ふたご》の魔法《まほう》使いが立ちふさがり、私《わたし》を無視《むし》してなにか言い合っている。その少し向こうで、オルガが手首と足首を縛《しば》られ、地面に転がって悪態《あくたい》をつきながらもがいていた。

「どういうこと？　え、こいつ、いま、《本》がぜんぶ読めるって言ったよね？　それってふつうのことなんだっけ？」

「えっと……あたしはこいつに《本》を持ち出させる魔法《まほう》をかけるつもりだったんだけど」

「ねえ！　これってヤバいんじゃない？　どうする？　ガブに報告《ほうこく》する？」

「だめだよ！　そんなことしたら独《ひと》り占《じ》めされる。こんなチャンス、二度とないよ！」

ふたりとも、私《わたし》にかけた催眠《さいみん》魔法《まほう》がいつのまにか解《と》けていることには気づいていないようだ。それくらい、私《わたし》がうっかり口走った秘密《ひみつ》が衝撃《しょうげき》的だったんだろう。

ていうか、ヤバい。

よりにもよって、《黒魔術師《くろまじゅつし》》に魂《たましい》を売った人間に、秘密《ひみつ》をもらすなんて！

縛《しば》られていたオルガが催眠魔法《さいみんまほう》の解《と》けた私《わたし》に気づき、口パクで「伏《ふ》せて」と言った。そうして呪文《じゅもん》を唱えはじめる。オルガの読んだページを盗《ぬす》み見ていた私《わたし》は、それが雷雲《かみなりぐも》を呼《よ》ぶ魔法《まほう》だとわかった。

さっと身をかがめた、瞬間《しゅんかん》。

カッと雷鳴《らいめい》がとどろいて、ふたりの魔法《まほう》使いが悲鳴をあげた。

雨がばたばたと顔にふりかかる。私《わたし》はさっと立ちあがり、オルガにかけ寄《よ》って手首の縄を外しにかかった。よかった、魔法《まほう》の拘束具《こうそくぐ》じゃない。ポシェットから、誕生日《たんじょうび》にもらったお守りのナイフを取り出して、足首の分もいそいで切る。

「こっち！」

私《わたし》が催眠魔法《さいみんまほう》にかかっているあいだ、オルガは逃走経路《とうそうけいろ》を確認《かくにん》していたらしい。

雨のなかを私《わたし》たちは走った。

オルガは走るあいだも強風を呼《よ》び寄《よ》せる呪文《じゅもん》を唱えつづけ、路地を出た瞬間《しゅんかん》、風が私《わたし》たちふたりをさらって空に舞《ま》いあげた。

オルガはぎゃあぎゃあわめく私《わたし》の手をがっちりつかんで「静かに！　魔法《まほう》が混乱《こんらん》する」とさけんだ。風にあおられて空を飛ぶなんて、最悪な体験だ。機会があるとしてもおすすめしない。少なくとも私《わたし》は、吐《は》き気と恐怖《きょうふ》をおさえこむのに必死だった。

とはいえ、逃走《とうそう》は成功したようだった。不安定な空から地上に目をこらしたけれど、《黒魔術師《くろまじゅつし》》の双子《ふたご》がホウキに乗って追いかけてくる様子はない。

オルガはさらに強く、さらに遠くへ風をいざない、私《わたし》たちを南の方向に運びつづけた。

両手をがっちりオルガとつなぎ、ダンスをするように向かい合いながら、私《わたし》はさけんだ。

「どこまで行くの？」

「港町に《呪具師《じゅぐし》》が住んでる！　そこでホウキを借りる！」

「へえ、いいアイディア！」

少なくとも、風にもまれるよりはずっといい交通手段《しゅだん》だ。

降《お》りるときはどうするんだろうとひやひやしていたけれど、心配はなかった。

永遠《えいえん》にも思える時間、空を散歩したあとにやっと、小さな港町が見えてきた。オルガは風に命令して私《わたし》たちを町から少し外れた海に運び、水のなかへ真っ逆《さか》さまにダイブさせた。

うん、ほんと最高。

私《わたし》はろくに泳げないけれど、オルガが潮《しお》に命令して私《わたし》たちを近くの桟橋《さんばし》まで運んだので、海につかっている時間はぜんぶで五分くらいだった。それだって少なすぎるとは思わない。全身びっしょりになるには、五秒でもじゅうぶんだと思うし。

寒さに震《ふる》えながら桟橋《さんばし》のはしごをのぼると、すぐにポシェットの中身を確認《かくにん》した。口のなかが塩からいとか、鼻に水が入ったとか、そんなことにはかまっていられない。

ポシェットの口をあけてすぐ、海につかったとしてもなかまで水が入らない仕様になっていることがわかって、心の底からほっとした。

《本》がばらばらになったくらいじゃすまない。ぬらしてだれも読めなくなったら、私《わたし》は末代まですべての魔法族《まほうぞく》に呪《のろ》われるだろう。《呪《のろ》い》は、魔法《まほう》使いならだれでも使える、基本的《きほん》な魔法《まほう》だから。

「ああ。ああ。ほんと、よかった……」

「ごめん。この魔法《まほう》、はじめて使ったもんだから」

私《わたし》はキッとオルガをにらんだ。でも、すぐに怒《いか》りの心は吹《ふ》き飛んだ。

オルガはぬれそぼって、私《わたし》以上に震《ふる》えていた。オルガはクラスでも小柄《こがら》なほうだ。だか

ら、服も髪《かみ》もびしょびしょになると、この世でいちばんか弱い生き物に見えてしまう。

笑っちゃうよね。オルガは学校どころか、世界でいちばん強い十三歳《さい》なのに。

それでも、オルガを責《せ》めるなんてお門《かど》ちがいもいいところ。《黒魔術師《くろまじゅつし》》の双子《ふたご》に取りかこまれて危険《きけん》な目に遭《あ》ったのは、そもそも私《わたし》のせいなんだから。

「……はじめてなのに、あそこまでできるなんて、すごいと思うよ」

嫌味《いやみ》っぽくならないように気をつけながら言った。オルガはずっと怒《おこ》ったような顔をしていたけれど、つぎの瞬間《しゅんかん》、顔をゆがめて泣き出した。

私《わたし》はぎょっとした。

「えっ。どうしたの！」

「ごめんなさい。こわかった。うまくいく保証《ほしょう》なんてぜんぜんなかったの。地面に激突《げきとつ》して、ふたりとも死んじゃう可能性《かのうせい》だって、ぜんぜんあった」

オルガはあわれっぽく泣きわめいたりしなかった。ただ、音を立てずにさめざめと泣きつづけた。まるで、感情《かんじょう》をあらわにすることを、小さなころからきびしく禁《きん》じられているような泣き方だった。

オルガとは反対に、私《わたし》はあわあわとバカみたいにうろたえてしまった。オルガの肩《かた》をさすり、ポシェットに手をつっこんで上着やらストールやらを引っぱり出した。

オルガが泣くなんて。

学校でも、一度も泣いたことがないのに。

「ともかく、あったかくしよ、ね。私《わたし》たち、このままじゃ凍え死《こご》んじゃう。それで、えーっと、《呪具師《じゅぐし》》のとこに行って、助けを求めよう。うん」

「《本》を読めるって本当なの？　アリーチェ」

私《わたし》はポシェットに手をつっこんだまま、ぴたりと固まってしまった。

オルガが泣きはらした目で、私《わたし》をじっと見つめている。

オルガのせいで、私《わたし》まで泣きそうになった。

こわい。

でも、もうごまかせない。

「……うん」

私《わたし》は認《みと》めた。小さな声で。

できればききそびれてくれればいいのにな、と思いながら。

オルガは、しばらくだまって私《わたし》を見つめていた。

その沈黙《ちんもく》が、こわい。

「すみからすみまで？」

「……そう」

「どの魔法《まほう》を使った？」

私《わたし》は首をふった。

「まだ、なにも……」

「じゃあ、いま、やってみようよ。とりあえず、これをかわかしてくれない？」

両手を広げて、実験台になってやるよとでも言いたげにオルガが言う。

私《わたし》はぶるぶる首をふった。

「いま言われて、すぐにかわかす魔法《まほう》なんて思い出せないよ！」

「……読んだのに、頭に入ってないの？」

オルガには意外なようだった。

まあ、そうだよね。魔法《まほう》使いは一度《本》を読めば、すぐに覚えられるらしいから。

魔法《まほう》使いが十三歳《さい》ではじめて読める範囲《はんい》は、そもそもそんなに多くないらしい。魔法《まほう》を使いこなすごとに、その魔法《まほう》使いの読める範囲《はんい》は広がっていく。だから魔法《まほう》使いは年齢《ねんれい》を重ねるごとに使える魔法《まほう》が増《ふ》えていくし、読める範囲《はんい》が広がったかもしれないと言って、定期的に《本》を読みに来る。

「ぜんぶのページを読破《どくは》したわけじゃないよ。ふつうの本をぱらぱらめくったのとおなじで、読めることが確認《かくにん》できたってだけ。ちゃんとは読めてない」

「なら、読んだほうがいいね。ほら、ここならだれも見てないよ」

オルガがそう言って自分の頭のリボンに手を当てたとたん、ぶわんと私《わたし》たちのまわりに膜《まく》が張《は》られた。

シャボン玉の内側にいるみたいだった。外の音がにぶくなって、色も少しだけにごっている。この膜《まく》の内側にいれば、外からは私《わたし》たちの姿《すがた》が見えなくなるんだ。

港町のはずれの桟橋《さんばし》の上、それでなくても人なんかいなかったけれど、空には鳥が飛んでいたし、魚の目を借りる魔法《まほう》だってあるかもしれない。オルガのこれは、《秘匿《ひとく》の魔《ま》法《ほう》》の一種だ。オルガに使える魔法《まほう》じゃないはずだから、たぶん《呪具師《じゅぐし》》の作品だろう。

そういえばあのリボンは、十三歳《さい》の誕生日《たんじょうび》にまたいとこがくれたんだって、教室で話していたな。オルガも十三歳《さい》になったときは親戚《しんせき》たちから盛大《せいだい》に祝われて、一生ものの呪《じゅ》具《ぐ》をいくつも贈《おく》られたんだろう。

私《わたし》はため息をついて、桟橋《さんばし》の上にかわいたストールを敷《し》き、ぬらさないようによく手をふいてから《本》を置いて、慎重《しんちょう》に目次を確認《かくにん》した。

「かわかすのって、風の魔法《まほう》？　それとも火？」

「火じゃないかな。昔、《祈祷師《きとうし》の一族》に火をあつかう人がいたってきいたことがある。風は私《わたし》の分野だけど、見てのとおり、しめってるしね」

私《わたし》は「そうだね」と笑って、火の魔法《まほう》のページをひらいた。指を沿《そ》わせて知りたい情報《じょうほう》を探《さが》す。あった。《水気を払《はら》う》。たぶんこれ。

呪文《じゅもん》を読み、どきどきしながらオルガに向き直った。

オルガは平気な顔で「はやくしてよ、風邪《かぜ》引きそう」と言った。

まったく。魔法《まほう》をかけるってことが、私《わたし》にとってどれくらい大ごとなのか、まるでわかっていない。これだから生まれつきの魔法《まほう》使いはこまる。

私《わたし》はオルガの両肩《りょうかた》に手をかけて目をつむり、ふうっと息を吐《は》いた。

そして、魔法《まほう》の呪文《じゅもん》を唱えた。

「《水を切り払《はら》え》」

心をこめてそう言ってから、そっと目をひらいた。そして――くちびるを噛《か》んだ。

オルガをうかがうと、ぽかんとして「それだけ？」と言った。

私《わたし》はぶ然として答えた。

「それだけ」

「かわいてないようだけど」

オルガが自分のぬれそぼった服を見おろしながら言ったので、むっとした。

「まじで？　ぜんぜん気がつかなかったよ」

「だいたい、いまのって本当に呪文《じゅもん》なの？　私《わたし》にも言葉の意味が通じたんだけど。親や親《しん》戚《せき》が魔《ま》法《ほう》をかけるときは、呪文《じゅもん》なんかぜんぜんききとれないよ。そもそも、《水を切り払《はら》え》なんて簡《かん》単《たん》すぎ――」

オルガと私《わたし》は同時に悲鳴をあげた。

オルガが《水を切り払《はら》え》と言ったとたん、オルガと私《わたし》の服が、さらっとかわいたのだ。おどろくなんてもんじゃなかった。さっきまで海水まみれだった私《わたし》たちが、水に落ちたことなんてありませんってくらい、完《かん》璧《ぺき》にかわいている。海水の塩っ気も、ベタベタする感じもいっさい残っていない。えっ。どういうこと？

「なになになに。遅《おく》れて魔法《まほう》がかかったってこと？」

「……たぶん、ちがう」

私《わたし》はぼう然としながら、でも、確信《かくしん》を持って答えた。

じっとオルガを見つめ、指をさす。

「オルガがかけたんだよ。水気を払《はら》う魔法《まほう》を」

「……は？」

冗談《じょうだん》やめてよ、とオルガは笑ったけれど、あんまり笑顔《えがお》になれてなかった。

わかる。私《わたし》も、あまりのことに口がきけなくなりかけてたから。

つまりこう。

私《わたし》には魔法《まほう》をかける力がない。これっぽっちも。《本》を読めるのに、魔法《まほう》を使えない。

でも、私《わたし》が言葉にした呪文《じゅもん》を、ほかの魔法《まほう》使いはききとることができる。そして、その魔法《まほう》を使うことさえできる。意識《いしき》せずにただ言葉に出して、魔法《まほう》がかかるくらい、自然に。

ぴんときて、私《わたし》は《本》をひらいてページをたぐり、ひっくり返してオルガに見せた。

そこには、水気を切り払《はら》う呪文《じゅもん》が記されている。

「ここ、読める?」

「うそ……」

その言い方で、オルガにも読めるんだ、とわかった。

おそらく、まわりのほとんどの言葉は見えず、その呪文《じゅもん》だけがページの真ん中に浮《う》かびあがって読めているはずだ。さっきまで読めなかったはずの魔法《まほう》を、私《わたし》があいだに立ってつないだことで、オルガは自分のものにした。

オルガはおどろきながら《本》を受け取り、呪文《じゅもん》を凝視《ぎょうし》している。

それを見て、ああ、と思った。

――なにやってんだろ、私《わたし》。

オルガの持っている《本》を横からうばってぱたんととじ、ポシェットにぐいぐいとしまいこむ。オルガは首をかしげ、「どうしたの、アリーチェ?」とまゆをひそめた。

「べつに」

「べつに、って顔のつもり? とんでもなく不満げに見えるんだけど」

「オルガには関係ないことだから」

「まさか、嫉妬《しっと》してるの?」

ぶわっと顔が熱くなった。オルガは「本気？」とあきれた声を出した。

「あんたって、すごいことができる人間なんだよ。どんな魔法使いよりもすごいよ。たったいまそれを証明《しょうめい》したってのに、なんで私《わたし》なんかに嫉妬《しっと》するわけ？」

「嫉妬《しっと》じゃない。落ちこんでるの」

「だから、落ちこむ理由なんかないでしょ？」

「落ちこみもするよ。ていうか、落ちこませてよ！」

私《わたし》は頭をかきむしり、桟橋《さんばし》の真ん中にすわったままひざをかかえた。

「こんなことなら、《本》の中身なんかひとつも読めないほうがよかった。読めるのに、魔法《まほう》が使えない？　なにそれ。ぬか喜《よろこ》びさせないでほしかった。私《わたし》は魔法《まほう》使いになりたかったの。子どものころからずっと！　いまだって！　なれるもんならなりたいよ！」

最後のほうはさけび声だった。

ああ。ほんとにかっこ悪い、私《わたし》。

「でも、私《わたし》は魔法《まほう》使いになれないと思って、あきらめて。それでも魔法《まほう》にかかわりたくって、《守り手》になって。《錬金術師《れんきんじゅつし》》は、《本》さえ読めれば非魔法族《ひまほうぞく》のなかにも魔法《まほう》使いになれる人がいるって言った。魔法《まほう》のセンスのない非魔法族《ひまほうぞく》だって《黒魔術師《くろまじゅつし》》に魂《たましい》を売れば魔法使《まほうつか》いになれる。あの双子《ふたご》だって、きっといまなら《本》を読めるよ。なのに私《わたし》は……」

大げさに、自分の胸《むね》を指さした。

涙《なみだ》があとからあとからこぼれ落ちる。

「……どんなにがんばっても、魔法使《まほうつか》いにはなれないんだよ。一生。正しい呪文《じゅもん》を唱えても、なんにも起こらないんだから。たったいまそれがわかって、落ちこんでるの！」

ひざのあいだに顔をうずめて、髪《かみ》をぐしゃぐしゃつかんだ。

そんな私《わたし》の肩《かた》に、おっかなびっくり、オルガの手が置かれるのがわかった。

私《わたし》にさわったら、火がつくとでも思ってるみたい。

「……私《わたし》は、アリーチェがうらやましかった」

ちょっと顔をあげて、となりにすわっているオルガをにらんだ。

オルガはため息をつき、目をそらしてから肩《かた》をすくめた。

「じゃなくて、非魔法族《ひまほうぞく》が、かな。ずっとうらやましかったよ。責任《せきにん》もない。プレッシャーもない。母親から《守り手》の娘《むすめ》と仲良くなれって言われつづけないし、逆《ぎゃく》に親戚《しんせき》たちからは『母親の言うことを真に受けるな、ほかの魔法族《まほうぞく》に目をつけられるぞ』って言われて、板ばさみになることもない」

私《わたし》はくちびるを噛《か》み、ちょっと目をそらしてからオルガを見た。

「……でも、オルガには魔法《まほう》が使える」

「なんの役に立つの？　ホウキより雑《ざつ》な移動手段《いどうしゅだん》で、海に落っこちるとか？」

私《わたし》はちょっと笑った。オルガも力なく笑う。

「嫌味《いやみ》にきこえるかもしれないけど、私《わたし》たちだって使える魔法《まほう》は選べないんだよ、アリーチェ。あんたが《守り手》しか選べなかったのとおなじ。くじはもう、みんな引いちゃってんだから」

「でも……オルガは、かわかす魔法《まほう》が使えるようになったよ」

私《わたし》が言うと、オルガはうん、と考えこんだ。

「アリーチェがそれを可能《かのう》にしたんだよ。すごいことだと思う。アリーチェには《本》のルールがひとつも通用してない。《錬金術師《れんきんじゅつし》》は《本》に呪《のろ》いがかかってるって言ってたでしょ？　なら、アリーチェだけが、その呪《のろ》いを無効化《むこうか》できるってことじゃないの？」

オルガの言ってることはややこしい。私《わたし》は考えながら言った。

「つまり……私《わたし》は魔法使《まほうつか》いに向いてるんじゃなくて、単に《本》の魔法《まほう》が効《き》かない体質《たいしつ》だってこと？」

「どうかな。うーん。もうちょっとこみ入ってる気がするけど、まあ、とりあえずそういう理解《りかい》でいいと思う」

それをきいて、「うれしい！」と、とびはねる気分にはなれなかった。

つまり、どっちにしろ私《わたし》には魔法《まほう》が使えないってことが、わかっただけだから。

「ねえ、いつまでぶすっとしてんの、アリーチェ！　あんたの場合はぜんぶ読めちゃうってだけ。使える魔法《まほう》がゼロだなんて決まってないでしょ？　もしかしたら親和性《せい》の高い魔《ま》法《ほう》だってあるかもしれない。片《かた》っぽしから試《ため》してみないと、わかんないよ」

「わかるよ。なんかわかるの。私《わたし》にはどうせできないんだって、いま実感してるとこ」

「ったく」

オルガはいらだたしげにため息をついた。

「知らなかったよ。人気者のアリーチェがこんなにネガティブだったなんて」

「私《わたし》も、おとなしいオルガがこんなにポジティブだとは思わなかった」

私《わたし》たちはどちらともなく顔を見合わせて、ちょっと笑った。

オルガが私《わたし》の肩《かた》をこづく。

「ほら。元気出た？」

「……まあまあ」

「上出来」

私《わたし》はもう一度笑った。

オルガって本当にいい子だな、と思った。

オルガとおなじクラスでよかった。

私《わたし》はポシェットにしまいこんでいた予言の手紙を引っぱり出すと、オルガに差し出した。

「これ、見てほしい」

オルガは予言の手紙を受け取ると、何度も読んだ。そして、顔をあげて言った。

「なんでわからないかなあ。これって、私《わたし》のことじゃん」

そう言って、予言の部分をとんとんたたく。私《わたし》は首を伸《の》ばして、ああ、と思った。

——嵐《あらし》とともに、四つの名を持つ魔女《まじょ》をたずねよ。

ほんとだ。なんで気がつかなかったんだろう。

はじめてオルガが《本》を読みに来たときに、気がつくべきだった。

《嵐《あらし》》って、オルガ以外にいないじゃん。

「それと、《四つの名を持つ魔女《まじょ》》も、心当たりがある」

「本当に？」

「親戚《しんせき》の大人たちがこそこそ話してた。非魔法族《ひまほうぞく》なのに、だれよりも強い魔法《まほう》使いがいるらしいって。《黒魔術師《くろまじゅつし》》が話してた魔法《まほう》使いって、その人のことだよね」

「どこにいるか、知ってる？」

「わかると思う。そんなに遠くもない。たしか、この海の先の島に住んでる」

私《わたし》はオルガの手を取った。ぎゅっとにぎりしめて、真剣《しんけん》な顔で言う。

「いっしょに来てくれる？　オルガ」

「行くに決まってるじゃん。ここまで来たら、他人事《ひとごと》じゃないし」

オルガはなんてことなさそうに言った。私《わたし》はほっとして、気がぬけそうだった。

「ありがとう、オルガ」

VIII

《呪具師《じゅぐし》》

港町の入り組んだ路地は、はじめてじゃなくても迷《まよ》ってしまいそうな場所だった。

でも、私《わたし》たちはすんなりと《呪具師《じゅぐし》》の店にたどりついた。オルガのリボンと私《わたし》のポシェットが作り主の居場所《いばしょ》をうっすらと覚えていて、導《みちび》いてくれたみたいだ。

魔法《まほう》使いが持っている不思議な道具は、ほとんどすべて《呪具師《じゅぐし》の一族》が作っている。《呪具師《じゅぐし》》自体にはモノに魔法《まほう》を定着させる魔法《まほう》しか使えなくて、魔法《まほう》使いが呪具《じゅぐ》を手に入れるのと引き換《か》えに、モノに魔法《まほう》を吹《ふ》きこんでもらい、呪具《じゅぐ》を完成させるらしい。

その店は、おもて向きには肉屋の看板《かんばん》を立てていた。

ちょっと意外。港町なのに、魚屋じゃなくて肉屋なんだ。

ドアはあいていて、私《わたし》たちがそっとのぞきこむと、エプロンを着けたおじさんがカウンターの向こうで新聞を読んでいた。

私《わたし》はおじさんに声をかけた。

「あの、こんにちは」

「羊肉がおすすめだよ。ゆうべ解体《かいたい》したばかりだ」

おじさんは新聞から目もあげずに答えた。オルガがきりっとした顔で「《呪具師《じゅぐし》》に用があるんだけど?」と言うと、おじさんは、はじめて顔をあげた。

「そうか。わからなかった。おれはふつうの人間なんでな」

「見ればわかる」

「ふん。そうかい」

《秘匿《ひとく》の魔法《まほう》》は、秘密《ひみつ》――この場合は、魔法《まほう》の存在《そんざい》――を知っている者同士《どうし》のあいだでは無効《むこう》になる。おじさんは私《わたし》たちふたりをじろじろとながめたあと、手元の呼《よ》び鈴《りん》を鳴らしてふたたび新聞を広げた。

そわそわしながら待っていると、二階から階段《かいだん》をかけ下りる音が響《ひび》き、オーバーオールを着てバンダナを頭にまいた女の人が飛び出してきた。

「はいはーい、あれっ、あらっ!」

見覚えはなかった。でも、向こうは私《わたし》の顔を知ってるみたいだ。

たぶん、私《わたし》の儀式《ぎしき》に意識《いしき》だけ参加していたんだろう。そういう魔法《まほう》使いは影《かげ》みたいに実体がなかったから、町ですれちがっても気がつかなさそうだ。

「《守り手》と、こっちは《祈祷師《きとうし》》？　あーらら。ふたりって、仲良しさんなの？」

「ちがう」

「ちょっと、手を借りてるだけ」

私《わたし》たちはあわてて答えた。

《呪具師《じゅぐし》》は「そーよねえ」と含《ふく》みのある笑い方をした。それから新聞を読んでいる男の人のほっぺたにキスすると、カウンターを出てきてちょいちょいと手招《てまね》きした。

「魔法《まほう》関係のお得意《とくい》さんは、こちらにどうぞ。あなた、店番よろしくね！」

肉屋のおじさんはうなり声のような返事をした。夫婦《ふうふ》、だよね。海の男みたいなおじさんと、目の前にいる小柄《こがら》な女の人は、どちらかというと親子みたいだけれど。

《呪具師《じゅぐし》》のアトリエは、いったん肉屋を出て店を回りこんだ裏手《うらて》にあった。扉《とびら》にかけられた何重もの南京錠《じょう》やカギは《呪具師《じゅぐし》》が手をかけたとたんにするりと解《と》けて、音もなく扉《とびら》がひらく。《呪具師《じゅぐし》》は私《わたし》たちをなかに案内しながら「それで、ポシェットの使い心地《ごこち》はどう、《守り手》さん？」とにっこり笑いかけた。

やっぱり、この人の作った呪具《じゅぐ》だったんだ。

私《わたし》は興奮《こうふん》しながらこくこくとうなずいた。

「あの、とってもいいです。気に入ってます」

「それはよかった」

「ホウキを貸《か》してくれない？　アリーチェは魔法《まほう》が使えないから、ふたり乗り用のやつ」

オルガがアトリエを見回しながら言った。

壁《かべ》には十数本のホウキが立てかけられていて、大きいのや小さいの、カラフルな色がついたものもある。どれも新品で、ちょっとした房飾《ふさかざ》りや柄《え》に彫《ほ》りこまれた柄《がら》が、いちいちセンスがいい。

「あら、借りるだけ？　これを機に購入《こうにゅう》を考えたらどう、《祈祷師《きとうし》》さん？　口うるさい母親からいつでも逃《に》げられるようになるよ」

《呪具師《じゅぐし》》はにやにやしながら言ったけれど、オルガはにこりともしなかった。

「それで、いくら？」

「はいはい、いま見つくろうから、待ってて。借りるだけなら自動でここに戻《もど》ってくる魔《ま》法《ほう》をかけなくちゃ。借りるのは、今日の真夜中まででいい？」

「うん、ありがとう」

私《わたし》はほっとしてすすめられた籐椅子《とういす》にすわった。

オルガは腕《うで》を組んで私《わたし》のとなりに立ち、油断《ゆだん》なくあたりを見回している。いつ《黒魔《くろま》術師《じゅつし》》の双子《ふたご》があらわれるかわからないというように。

たしかに、あの双子《ふたご》は厄介《やっかい》だ。なにより、私《わたし》の秘密《ひみつ》を知られてしまった。

もしもあの双子《ふたご》が、養父であるガブに私《わたし》のことを話したら、どうなるだろう？

私《わたし》はぶるると首をふった。先のことは、考えたくない。

《呪具師《じゅぐし》》のアトリエにはいろんなものがあった。作りかけのホウキや、水晶《すいしょう》や硫黄《いおう》なんかの原石、非魔法族《ひまほうぞく》でも持っていそうな、ノミやペンチといった工具。凝《こ》った刺繍《ししゅう》のほどこされた生地《きじ》や色とりどりの糸、い草や藁《わら》や、木材や土と、油のにおい。

《錬金術師《れんきんじゅつし》》の研究室はフラスコやビンだらけで、具体的になにが行われているのかさっぱりわからなかったけれど、ここなら非魔法族《ひまほうぞく》でも、モノ作りの家なんだってことがすぐにわかるだろう。この人はモノに魔法《まほう》を定着させるだけでなく、魔法《まほう》が定着しやすいモノを、いちから自分の手で作りあげているんだ。

「それと、探《さが》し人を見つける呪具《じゅぐ》があったら、それも欲《ほ》しい」

オルガが、奥《おく》でホウキを見つくろっている《呪具師《じゅぐし》》に声をかけた。はいはいと元気な声だけ返ってくる。

旦那《だんな》さんとちがって、愛想《あいそ》のいい人だ。この人のほうが店番に向いてるんじゃないかな、と少し思った。もちろん、この人は作るのに忙《いそが》しくて、そんなひまはないだろうけれど。

「はい、これならどう？」

戻《もど》ってきた《呪具師《じゅぐし》》は大きめのホウキをかついでいた。もう一方の手には細い金の鎖《くさり》がついたコンパスを持っている。オルガがコンパスを受け取り、じいっと見つめると、針《はり》がくるくると回りだし、北西をさしてぴたりと止まった。私《わたし》たちの住む町の方角だ。

「うん、大丈夫《だいじょうぶ》そう。ありがとう」

「そっちは貸《か》せないよ、買い取ってね。で、お支払《しはら》いはどちら？」

そう言いつつ、《呪具師《じゅぐし》》はまっすぐオルガを見つめた。

魔法《まほう》使いは基本的《きほん》に、お金なんて欲《ほ》しがらない。非魔法族《ひまほうぞく》が求めるような、お金や健康や美貌《びぼう》なんて、最初に学ぶ読み書き計算みたいなもの。彼《かれ》らにとっては魔法《まほう》で簡単《かんたん》に手に入るものだから、価値《かち》がないんだ。

当然、私《わたし》も非魔法族《ひまほうぞく》のひとりだから、《呪具師《じゅぐし》》の欲《ほ》しがるものは提供《ていきょう》できない。

まあ、いまは《本》を持ち歩いてるから話はべつだけど、わざわざそれをこの人に教える必要はない。

いまは商売上手の顔でにこにこしているこの人だって、私《わたし》が《本》を持ち歩いていて、《本》をぜんぶ読めて、しかも《本》の内容《ないよう》を私《わたし》が口にすれば、その魔法《まほう》を自分のものにできるとわかったら、とたんに目の色を変えるだろう。

私《わたし》をつかまえて、催眠術《さいみんじゅつ》かなんかをかけて、《本》に書いてあるすべての項目《こうもく》を強制的《きょうせい》に読みあげさせたいと思われても、ぜんぜんおどろかない。

ほんとに。

「私《わたし》は嵐《あらし》を呼《よ》べる」

オルガが答えた。《呪具師《じゅぐし》》はにいっと笑って「いいね！」と親指を立てた。

「それなら風、いや、雨ふらしの呪具《じゅぐ》がいいかな。ちょうどいい器があるから、魔法《まほう》を吹《ふ》きこんでくれる？　二分で終わるよ。《守り手》ちゃん、非魔法族《ひまほうぞく》が見てるとちょーっと魔法《まほう》がかかりにくいから、ここで待っててくれるかな？」

「あ、はい。もちろん」

《呪具師《じゅぐし》》とオルガは魔法《まほう》をかけるために奥《おく》の部屋へ引っこんだ。

私《わたし》はなんとなく手持ちぶさたで、アトリエにならぶ工具や素材《そざい》や呪具《じゅぐ》をながめた。

それにしても、すごい数だ。これ、本当にあの人ひとりで作ったのかな。

しげしげ観察していると、そのうちひとつに見覚えのあるものを見つけて目を留《と》めた。

壁《かべ》にぶら下がっているのは、やけに精巧《せいこう》な木彫《きぼ》りの生首。

これって……《黒魔術師《くろまじゅつし》》のガブが贈《おく》ってくれたものとおなじやつ？

たしかこれ、魂《たましい》ホルダーなんだよね。

なんで、そんなものがここに？

手を伸《の》ばそうとした瞬間《しゅんかん》、ぱっと奥《おく》の扉《とびら》がひらいて、にこにこ顔の《呪具師《じゅぐし》》と不機嫌《ふきげん》な顔のオルガが戻《もど》ってきた。私《わたし》はさっと手を引っこめて、にこっと笑った。

「本当にはやかったね！」

「《呪具師《じゅぐし》》のなかじゃ、私《わたし》がいちばん仕事がはやいの。まいどあり！」

オルガはむすっとした顔で《呪具師《じゅぐし》》からホウキを受け取り、すたすたとアトリエから出て行った。私《わたし》はぺこっと頭を下げて、あわててオルガのあとを追う。

「どうしたの？」

「ここに長居《ながい》したくない。さっさとホウキに乗って」

「う、うん」

店の前に移動《いどう》すると、奥《おく》でさっきの旦那《だんな》さんが肉をさばいているのが見えた。

大きな四角い包丁をふりおろして、なにかの首をはねている。

オルガがホウキをまたいで私《わたし》を待っている。私《わたし》はあわててオルガのうしろに立った。ぶわりと風が起こって、ゆっくり自分の体が浮《う》かびあがるのを感じた。

すごい。ホウキそのものが浮《う》かんでいるんじゃなくて、魔法《まほう》の力で人が浮《う》かんでるんだ。ホウキは、空飛ぶ魔法《まほう》を手助けするための支《ささ》えでしかない。

私《わたし》たちはゆっくりと上昇《じょうしょう》していった。町の屋根くらいの高さになったとき、《呪具師《じゅぐし》》がアトリエの窓《まど》から手をふっているのが見えた。それに手をふり返していると、オルガは風に命令して、ぐんと空高く舞《ま》いあがった。

うん、やっぱり、ただ風に舞《ま》いあげられるより、ホウキに乗っているほうがはるかにいい。あいかわらず高いところはちょっとこわいけど、少なくとも景色を楽しむ余裕《よゆう》がある。体が風にあおられて、ぐるぐる回転したりしないし。

「こんな真っ昼間に飛んで、人に見られないかな？」

「大丈夫《だいじょうぶ》」

オルガは短く答えた。それで気づいた。さっき桟橋《さんばし》にいたときとおなじ、うすいシャボン玉のような膜《まく》が私《わたし》たちを包んでいる。

そうか。これは非魔法族《ひまほうぞく》に魔法《まほう》を見られないための呪具《じゅぐ》なんだ。

魔法《まほう》は、それを信じない人に見られると、効《き》きにくくなることがある。人間が空を飛ぶ、なんてことをぜったいに信じない人が、もしもいまの私《わたし》たちを目撃《もくげき》したら、その瞬間《しゅんかん》ホウキが魔法《まほう》の力を引き出せなくなって、まっさかさまに落っこちてしまうってわけ。

だからこそ、魔法《まほう》使いは非魔法族《ひまほうぞく》に隠《かく》れて魔法《まほう》を使う。

昔、こそこそ魔法《まほう》を使うなんてまっぴらだ、と思った魔法《まほう》使いがいた。それで、非魔法《ひまほう》族《ぞく》に魔法《まほう》の存在《そんざい》を信じさせればいいと考え、わざとおおっぴらに魔法《まほう》を使いはじめた。

その結果どうなったか。

魔法《まほう》をおそれた非魔法族《ひまほうぞく》によって魔女狩《まじょが》りが行われ、たくさんの魔法族《まほうぞく》が殺《ころ》されてしまった。当時を知っている魔法《まほう》使いはもういないけれど――魔法《まほう》使いの寿命《じゅみょう》は二百歳《さい》くらいだ――本当に悲惨《ひさん》な時代だったらしい。

なんだかオルガの機嫌《きげん》が悪いので、私《わたし》はさっき見た木彫《きぼ》りの生首のことを言い出せずにいた。オルガは《呪具師《じゅぐし》》から買ったコンパスの鎖《くさり》を手首に巻《ま》いて、ちらちら見ながら集中している。私《わたし》はオルガの腰《こし》にしがみつき、おとなしくホウキにまたがっていた。

私《わたし》には《本》の魔法《まほう》が効《き》いていない、と言われてから、少しだけびくついていた。《本》だけじゃなく、どの魔法《まほう》も私《わたし》には効《き》かないんだとしたら、やっぱりホウキからまっさかさまに落っこちても不思議じゃない。でも、ホウキは安定して私《わたし》を乗せつづけてくれていた。

オルガのあやつるホウキは、海の上を飛んでいった。

空高く飛んでいるから、遠くの島や大陸や、ケシの実サイズの船が目に入る。オルガはときどき進路を変え、最初に飛びはじめた方角とはちがうほうへホウキの先を向けていた。

私《わたし》はちょっと心配になって声をかけた。

「方向、こっちで合ってる？」

「《呪具師《じゅぐし》》にどこへ行くかさとられたくなかったから、わざと迂回《うかい》してるだけ」

オルガの腰《こし》をつかむ手に、自然と力が入る。

「なにか、いやなことをさせられたの？」

「……べつに。みんなしてることだし」

オルガはそう答えたけれど、なんだか釈然《しゃくぜん》としなかった。

みんながしてるからって、いやじゃないこととはかぎらないじゃん。

だけど、いま、オルガを問い詰《つ》めてホウキの操作《そうさ》に集中できなくなったら、また海に落っこちるはめになる。ききたいことは山ほどあったけど、私《わたし》はがまんして、海の青と空の青が交わる水平線をながめつづけた。

やがて、島がぽつぽつと広がる海域《かいいき》に近づいてきた。

諸島《しょとう》ってやつかな。海の色が濃《こ》い青から水色に変わったから、きっと海底も浅いんだろう。ふつうに見ても息を呑《の》むような絶景《ぜっけい》だろうけど、鳥みたいに高い位置から見おろすと、とんでもなくきれいだ。

つねに風が吹《ふ》きつけて身を切るように体を冷やしていたけれど、太陽の光がぎらぎらしていたし、地理的に気温も高くなったのか、どんどん暑くなってきた。そろそろ日陰《ひかげ》に逃《に》げこみたいと思いはじめたころ、ホウキがゆっくりと下降《かこう》をはじめた。

小さな島だった。片側《かたがわ》に小さな港町があって、山と入り江《え》と、砂浜《すなはま》ばかり見える。中心に小さな湖があり、その真ん中に、こんもりと樹《き》がしげる小さな島があった。

オルガは港町と反対側の砂浜《すなはま》にホウキを着陸させた。磯《いそ》っていうのかな。砂浜《すなはま》のすぐそばにはごつごつした岩場が広がっていて、そこにウミネコが何羽もたまっている。

砂浜《すなはま》に足をつけた瞬間《しゅんかん》、ウミネコの中心にだれかがいることに気がついた。オルガもそこに人がいるなんて気づかなかったらしく、「ホウキから降《お》りないで」とするどく言った。

岩の上にすわっていたそのだれかは、シャボン玉の内側にいて見えないはずの私《わたし》たちに目を向け、「いらっしゃい」と声をかけてきた。

私《わたし》はぽかんと口をあけてしまった。

一瞬《いっしゅん》、男の人かと思ったけれど、ちがった。背《せ》が高くて、中性《ちゅうせい》的な顔立ちの女の人だ。はればったいまぶたが印象《いんしょう》的で、世間でもてはやされるような美人とはかけ離《はな》れているけれど、どこか不思議な魅力《みりょく》のある人。

その人はおだやかなほほ笑《え》みを浮《う》かべ、私《わたし》たちを岩の上から見おろしていた。

オルガはホウキの柄《え》をぎゅっとにぎりしめて、いつでも飛び立てるようにしている。

それを見て、女の人は言った。

「あら、もう行っちゃうの？　あなたたち、私《わたし》に会いに来たんでしょう？」

その言葉で確信《かくしん》した。

この人が《四つの名を持つ魔女《まじょ》》。

予言の手紙に「会いに行け」と書かれ、《黒魔術師《くろまじゅつし》》のガブやおばあちゃんが存在《そんざい》を知っていた、非魔法族《ひまほうぞく》出身の魔法《まほう》使いだ。

その魔法《まほう》使いは細長い手足を動かして立ちあがり、ごつごつした岩の上を器用に歩いて砂浜《すなはま》に降《お》りてきた。私《わたし》は警戒《けいかい》しているオルガの肩《かた》に手をかけてうなずき、ホウキから降《お》りた。オルガはむすっとしつつも、頭のリボンに手をかけてシャボン玉の膜《まく》を消した。

その魔法《まほう》使いには、頭の片側《かたがわ》に古い火傷《やけど》の痕《あと》があった。そのせいで、頭の一部には髪《かみ》の毛が生えていない。禿《は》げた頭を隠《かく》すでもなく、伸《の》ばした髪《かみ》を自然にカールさせて風になびかせ、魔法《まほう》使いはにこりと笑った。

「こんにちは。私《わたし》はテトラ」

その名をきいて、どきりとした。

テトラ。

ほかの国の言葉で、《4》という意味があったはずだ。

「私《わたし》はアリーチェです。あの、《守り手の一族》……と言ったら、わかりますか？」

おそるおそるきいた。非魔法族《ひまほうぞく》の魔法《まほう》使いが、どこまで魔法族《まほうぞく》の常識《じょうしき》を知っているのかわからなかったから。

けれど、テトラはにこりと笑ってうなずいた。

「うん、きいたことがある。そちらのお友だちは？」

「私《わたし》は《祈祷師《きとうし》》のオルガ。ちなみに、私《わたし》とアリーチェは友だちじゃない」

オルガの言葉に、私《わたし》もいそいでうなずく。

テトラはきょとんとして、私《わたし》たちふたりを見くらべた。

「どうしてそんな嘘《うそ》をつくの？　ふたりとも、おたがいのことを友だちだと思ってるのに」

私《わたし》はちらっとオルガに目をやった。オルガも私《わたし》を見て、顔を赤くしている。

もしかして私《わたし》も、赤くなってる？

「……だれにも言わないで。《守り手》とほかの魔法《まほう》使いは、仲良くしちゃいけないの」

オルガが答えると、テトラは目をしぱしぱとさせ、「ははあ」と言ってうなずいた。

「例の、ルールってやつね。おっけー」

気軽な、「はいはい、わかりましたよ」っていう声の調子だった。オルガがイラついたように「どうして私《わたし》たちが来ることを知ってたの？」とたずねる。

「あなたには《予言の魔法《まほう》》が使えるとか？」

テトラはちょっと笑って首をふった。

「ただ、なんとなくわかったの。ふたりとも、お茶を飲まない？　私《わたし》の家に案内するわ」

返事も待たずにテトラは森に向かって歩き出す。どうせ私《わたし》たちがついてくるだろうってわかっているような、自信たっぷりの雰囲気《ふんいき》だった。
私《わたし》はオルガにあごをしゃくり、行こう、と合図した。
オルガはひとつため息をついて、ホウキを肩《かた》にかつぎ、しぶしぶ砂浜《すなはま》を歩き出した。

IX テトラ

森に入るとすぐに、砂地《すなじ》は土の地面に変わった。少し進むと、かわいた土の地面も終わって沼地《ぬまち》に変わる。湿度《しつど》の高い木々のあいだを、テトラは慣《な》れたように歩いていく。

私《わたし》は小走りになって、背《せ》の高いテトラに追いつきながら声をかけた。

「テトラさん」

「テトラでいいわ」

「テトラ。私《わたし》、《予言者の一族》から手紙をもらったんです。あなたをたずねろって」

「そうだったの」

テトラはにこっと笑って私《わたし》を見た。

「だから会いに来てくれたのね。ありがとう」

「いえ、お礼を言われるようなことは、なにも」

「そんなことないわ。私《わたし》に会ってくれる魔法使《まほう》いはあまりいないの。たまに来るのは、敵《てき》意《い》むき出しだったり、よくわかんない契約《けいやく》を結ばせようとしてきたりする人だけ。ただ会ってくれる人は大歓迎《だいかんげい》」

「私《わたし》は魔法使《まほう》いじゃありません。《守り手》は非魔法族《ひまほうぞく》だから」

テトラは立ち止まって、意外そうに私《わたし》をじっと見た。

「そうなの？　あなたも魔法使《まほう》いだと思った」

「えっと……正確《せいかく》に言うと、ある呪《のろ》いを解《と》く力があるかもしれないと、思っています」

私《わたし》は《本》のことを考えながら言った。

テトラには、だれが魔法使《まほう》いでだれがそうでないか、見ただけでわかるのだろうか？

「ちょっと、ここでは話しにくいので。あなたの家に着いてから言います」

「そう。それは楽しみ！」

テトラは歌うように言って、ふたたび歩きはじめた。

オルガがまゆをつりあげて、「本当にたよりになるの？」という顔をこちらに向ける。

私《わたし》は肩《かた》をすくめてテトラのあとをついていった。

予言はただ、彼女《かのじょ》に会えと言っただけだ。

会ってなにが変わるのかまでは、よくわからない。

沼地《ぬまち》が終わり、小さな湖に出た。湖の真ん中にさらに小さな島がある。湖には桟橋《さんばし》があって、テトラはまっすぐその桟橋《さんばし》を進んでいった。でも、桟橋《さんばし》の先に舟《ふね》はつながれていない。テトラについて歩いていくと、おかしなことにすぐ気がついた。歩いていくほど、桟橋《さんばし》が伸《の》びていく。ふと背後《はいご》に目をやると、桟橋《さんばし》が陸地から切れて、うしろが短くなっていた。私《わたし》はあわててテトラから離《はな》れないようにくっついて歩いた。オルガも私《わたし》のすぐ横を歩きながら、目を丸くしている。

テトラは呪文《じゅもん》を唱えたり、なんらかの動作をしたりして魔法《まほう》をかけている様子はない。桟橋《さんばし》は私《わたし》たちが歩くのに合わせて自動的に形を変えている。幻《まぼろし》でもないし、呪具《じゅぐ》にしては大きすぎる。空間移動《いどう》の魔法《まほう》ともちがうらしい。

オルガはテトラを見あげてきいた。

「これ、なんの魔法《まほう》？　はじめて見るけど」

「さあ。名前はつけてないなー」

テトラはのんきに笑った。

小島に着くと、桟橋《さんばし》ははじめからその場所に作られていたかのように、平然とそこにあった。私《わたし》とオルガは靴《くつ》のつま先で桟橋《さんばし》の板をつつき、顔を見合わせた。

テトラは「こっちだよ」と言って歩きはじめる。

小島はこんもりと小さな丘《おか》になっていて、のぼっていくと、見晴らしのいい場所に大きな三角屋根の家が建っていた。空から見たとき、こんな目立つ家はなかったはずだ。オルガのリボンみたいに、外からは見えない魔法《まほう》がかけられているらしい。だけど、オルガのリボンはときどき魔法《まほう》を発現《はつげん》させるだけ。こんなに大きな家を、四六時中隠《かく》しつづけるなんて……私《わたし》の持っている魔法《まほう》の知識《ちしき》からすると、ちょっと信じられない。

家のテラスにはテーブルセットがあって、小さな子どもが三人くらいでカードゲームをしていた。顔をあげ、「おかえり、テトラ」と声をかけてくる。二階の窓《まど》ががらっとあいて、洗濯物《せんたくもの》を持った十代くらいの男の子が顔を出し、だまって私《わたし》たちを見おろした。

テトラ以外に人がいて、少し面食らった。なんとなく、うわさの魔法《まほう》使いはひとりで暮《く》らしているもんだとばかり思っていたから。

だけど、家に入ると、もっとたくさん子どもがいた。

見かけよりも広い吹《ふ》きぬけのリビングに、子どもたちが十数人、料理をしたり縫《ぬ》い物をしたり、遊んだりして思い思いにすごしていた。私《わたし》たちを見て、無視《むし》する子もいれば、興《きょう》味深《み》げに目を向ける子、にっこり笑って手をふってくる子、いろいろいる。

それでも、だれも私《わたし》たちに話しかけてはこない。ふつう、あのくらいの年の子なら、見《み》慣《な》れないお客さんに興味津々《きょうみしんしん》で近づいてきてもおかしくないのに。私《わたし》は《黒魔術師《くろまじゅつし》》に無邪気《むじゃき》に近づいていったころの自分を思い出して、ちょっと恥《は》ずかしくなった。

「彼《かれ》らは？」

オルガがまゆをひそめてきいた。私《わたし》とおなじくらい、意外だったみたいだ。

ここにはテトラ以外の大人もいない。といっても、テトラだって若《わか》い。まだ三十歳《さい》にもなっていないはずだ。魔法《まほう》使いの年齢《ねんれい》は見かけじゃ判断《はんだん》できないけれど、火傷《やけど》の痕《あと》を隠《かく》しもしないテトラは、若《わか》さを装《よそお》っているようには思えなかった。

テトラは二階への階段《かいだん》を歩きながら「私《わたし》と似《に》たような子だけがいるの」と言った。

私《わたし》はぎょっとした。

「この子たちも、魔法《まほう》が使える非魔法族《ひまほうぞく》なの？」

「ああ、ちがうちがう。そうじゃなくて、親がいないの。私《わたし》は自分がどこのだれだかわからないけれど、ここにいる子たちもそう。生まれたときから、天涯孤独《てんがいこどく》なのよ」

オルガが、はっとしたようにテトラを見あげる。

「それって、あなたが魔法族《まほうぞく》の生まれっていう可能性《かのうせい》も、ゼロじゃないってことだよね」

「ううん、それはない。ガブは、私《わたし》がどの魔法族《まほうぞく》ともつながりがないって言ったから」

《黒魔術師《くろまじゅつし》》の名前が出てきて、私《わたし》とオルガのあいだに緊張《きんちょう》が走った。

けれど、テトラは気楽な雰囲気《ふんいき》で私《わたし》たちを自分の部屋に通した。

本がたくさんならぶ、書斎《しょさい》みたいな部屋だった。片《かた》すみにベッドがあって、真ん中に五人がけの丸いテーブルがある。テトラがそのうちのひとつに腰《こし》かけると、それまで一輪挿《ざ》ししかなかったはずのテーブルの上にお茶のセットがあらわれた。紅茶《こうちゃ》とケーキ、それから砂糖《さとう》やミルクが上品にならんでいる。

テトラはポットを取って、三人分のカップにお茶をそそいだ。

「魔法《まほう》を自由に使えてるみたいだね」

オルガはテトラからひとつ離《はな》れた椅子《いす》にすわった。私《わたし》はなんとなしに、ふたりのあいだにすわる。テトラは腰《こし》を浮《う》かせてオルガの前にカップを置いた。

「伝統《でんとう》的な魔法《まほう》使いからすれば、めちゃくちゃな使い方でしょうけどね。私《わたし》はだれかに教わったわけじゃないから」

「それ、本当なの？　つまり……あなたは本当に、《本》を読んだことがないってこと？

それで、あの数の子どもたちをまかなえるくらい、魔法《まほう》を使えているの？」

テトラは自分の紅茶《こうちゃ》にお砂糖《さとう》を三つ入れ、くるくるとかきまぜてひと口飲んだ。

そして、にっこり笑う。

「そうみたい」

信じられなかった。

魔法《まほう》はすべて《本》を通してしか習得《しゅうとく》できない。それ以外の魔法《まほう》は存在《そんざい》しないし、新しく生み出すこともできない。ずっとそう教えられてきたし、そう信じてきた。

《黒魔術師《くろまじゅつし》》と契約《けいやく》した非魔法族《ひまほうぞく》は、もちろん魔法《まほう》が使える。でもそれは、ガブが習得《しゅうとく》した魔法《まほう》を使えるようになっただけだ。アウラやニマのような《契約者《けいやくしゃ》》は、ガブに魂《たましい》を売り、代わりにガブから体の一部を受け取る。ガブは《本》で魔法《まほう》を習得《しゅうとく》しているから、その体の一部を取りこめば、非魔法族《ひまほうぞく》でも魔法《まほう》が使えるようになるのだ。

でも、そうやって手に入れた魔法《まほう》はものすごく限定的《げんてい》だし、それ以上成長することは決してない。

それに、魔法《まほう》を手に入れた瞬間《しゅんかん》から、その魔法《まほう》は穢《けが》れている。人間の魂《たましい》や体の一部を介《かい》在《ざい》させた魔法《まほう》は黒魔術《くろまじゅつ》と呼《よ》ばれていて、ほかの魔法《まほう》使いからは忌《い》みきらわれている。

テトラは《黒魔術師《くろまじゅつし》》ではない。

かといって、ほかの魔法使《まほう》いともちがう。

魔法使《まほう》いは基本的《きほん》に、知識《ちしき》を使って魔法《まほう》をかける。《本》で学んだ呪文《じゅもん》や記号やレシピを使いこなすのだ。けれどテトラはさっきから、息をするように自然に魔法《まほう》をかけている。感覚的に。自由に。

「物心ついたころから、私《わたし》にはなんとなく動物や植物の声がきこえたし、人の考えを自分の思うとおりに変えることができたわ」

テトラは言った。

「孤児院《こじいん》では、それでずいぶん気味悪がられた。大人たちからね。子どもはいつでも私《わたし》の味方だった。たぶん、私《わたし》といればいいことにありつけたから、みんな得《とく》だと思ったんでしょう。それは当たってる」

下にいる子たちも、そういう理由でここにいるの、とテトラは笑った。

「いっしょにいるとお得《とく》だから、私《わたし》のことを好きだと思ってるのよ。私《わたし》は、彼《かれ》らが私《わたし》を気味悪がらないから、彼《かれ》らのことを好いてるわ。利害が一致《いっち》しているから、私《わたし》は彼《かれ》らといっしょにいるの」

にこにこと、ちょっと冷たいことを言う魔法使《まほう》いに、少しだけ背《せ》すじが冷たくなった。

「もしも、利害が一致《いっち》しなくなったら？　一度でも子どもたちがあなたを不気味だと思ったらどうするの？」

「そういう子は大人になったってていうことだから、町に出て独《ひと》り立ちしてもらうわ。自立って、そういうものでしょう？」

テトラの返事は軽く響《ひび》いた。

なんとなく納得《なっとく》がいかなかったけれど、オルガが先に口をひらいた。

「私《わたし》たち、あなたの暮《く》らしぶりをきき出しに来たわけじゃないの。ほら、アリーチェ。予言の手紙、出して」

「あ、うん」

私《わたし》がポシェットをさぐるあいだ、テトラは眉間《みけん》にしわを寄《よ》せていた。手紙を差し出すと、長い腕《うで》を伸《の》ばして受け取り、しげしげとながめた。

「なすべきことをなせって、その予言は言うんですけど、具体的にどうすればいいのかわからないんです。あなたに会えば、その先がわかるかと思ったんですけど……」

「これだけじゃ、私《わたし》にもわからない。情報《じょうほう》が足りないようだけど？」

テトラがケーキにフォークをつき立てる。オルガは私《わたし》にうなずいた。

それで、私《わたし》は話した。

《本》が読めるようになったこと、いままさに、《本》を持ち歩いていること。そして、私《わたし》が《本》の呪文《じゅもん》を読みあげれば、ほかの魔法《まほう》使いにもその意味が読み取れて、魔法《まほう》を使えるようになることを。

テトラはケーキを食べながら、本当にきいているのかいないのか、わからない調子でにこにこしていた。私《わたし》はだんだん腹《はら》が立ってきた。ものすごい秘密《ひみつ》を話しているはずなのに、テトラの反応《はんのう》があまりにもうすくて、もどかしかったのだ。オルガがずっと不満げに顔をしかめているのにも共感してしまう。

話が終わりに近づいたとき、私《わたし》はポシェットに手を伸《の》ばして、なかをさぐった。それを見て、ふたたびテトラが眉間《みけん》にしわを寄《よ》せたことに気がついたけれど、気にしなかった。

「私《わたし》がこのタイミングでここへ来ることを、《予言者》は見通してたはず。つまり、あなたはいまここで《本》を読むべきなんじゃない？　だって、魔法《まほう》使いなんだから！」

そう言いながら、私《わたし》は《本》を出し、テーブルの上にどんと置いた。

オルガは目を見ひらいたけれど、異《い》を唱えたりしなかった。オルガも、この魔法《まほう》使いがどれくらい《本》を読めるのか、気になっていたのかもしれない。

テトラは《本》をちらりと見た。それから、ふたたびポットから紅茶《こうちゃ》をそそぎ、お砂糖《さとう》を五個《こ》入れてぐるぐるとかきまぜ、ひと口飲んだ。

「本当にいいの？　私《わたし》にはその《本》を読む資格《しかく》がないはずだけど」

「資格《しかく》はあるはず」

私《わたし》の代わりにオルガが答えた。私《わたし》は勇気を得《え》て、言った。

「おばあちゃんの日誌《にっし》のすみに、メモを見つけたの。あなたを魔法《まほう》使いとして認《みと》めるべきかどうかって。おばあちゃんも迷《まよ》ってた。生まれは関係ないはず。魔法《まほう》を使えるなら、あなたにも当然《本》を読む権利《けんり》がある」

「そう」

テトラの「そう」は、「そのとおりよ」の「そう」じゃなくて、「ふーん、そうなんだ」の「そう」だった。基本的《きほん》に、興味《きょうみ》がなさそうな感じ。

ああ、もう。

なんなの、この人！

「ガブにもそう言われたわ。私《わたし》はそれを読むべきだって」

テトラがにこりと言う。オルガはずいと身を乗り出した。

「あの《黒魔術師《くろまじゅつし》》と仲良しってわけ?」

「いいえ。でも、あちらは私《わたし》のことが大好きみたい。ときどき来て、いろんな計画を話してくれるの。面白《おもしろ》いから晩酌《ばんしゃく》には付き合うけど、友だちではないわ。毎回おぞましい提案《ていあん》ばかりしてくるし」

テトラはぶるりと震《ふる》えると、カップを置いて私《わたし》を見た。

「じゃあ、私《わたし》が《本》を読むあいだ、ケーキを食べていてくれない? うちの子が作ってくれたの。感想がききたいわ」

「あ……ありがとう」

私《わたし》はテトラのほうへ《本》を押《お》しやるように差し出した。テトラは《本》の表紙をなで、にっこりしながら片《かた》まゆをあげて「ずいぶん古いのね」と言った。

「三百年前の本だから。あの、気をつけてあつかって。壊《こわ》れやすいの」

「善処《ぜんしょ》するわ」

ふふふと笑って、テトラは本をひらいて一ページ目に目を通した。そこには、長々とした《まえがき》が書いてある。テトラはさっさとそのページをめくった。

はらはらした。テトラがこちらをちらりと見たから、あわててケーキに手をつける。

この人は、ほかの魔法族《まほうぞく》とはちがう。

目を離《はな》しても、きっと《本》を破《やぶ》り取ったりはしないだろう。

テトラがぱらぱらとページをめくる。そのはやさが気になったけれど、図書館のような部屋の様子を見て、きっとこの魔法《まほう》使いは本を読むのがはやいのだろうと思った。人によって、読むスピードはぜんぜんちがうと、お父さんも言っていたから。

やがて、テトラは最後のページをぱたんととじて、考えるように「ふむ」と言った。

「……どうだったの。ぜんぶ、読めた？」

オルガがきいた。

私《わたし》はどきどきしていた。もしもこの魔法《まほう》使いが《黒魔術師《くろまじゅつし》》の言っていたとおり、だれより強い魔法《まほう》使いなら、ぜんぶ読めたとしてもおかしくない。そうだとしたら、《本》をすべて読める人間が、私《わたし》のほかにいるってことになる。

だからこそ、《予言者》は私《わたし》にあの予言を託《たく》したんじゃない？

私《わたし》なんかよりも、もっと重要な人に《本》がわたるように。

そうだよ。きっとこの人は私《わたし》とちがって、《本》に書かれた魔法《まほう》をすべて使いこなせるに決まってる。そして……私《わたし》の役目は、ここで終わり。

心がしなびていくみたいだった。

そろそろ、帰る準備《じゅんび》をしたほうがいいみたい。

ところがテトラは口をひらき、意外なことを言った。

「読めなかった。ひとつも」

「……え？」

私《わたし》とオルガはおなじ顔をしていたらしい。

つまり、ふたりともバカみたいに口をぽかんとあけていた。

テトラが私《わたし》たちを交互《こうご》に指さし、くすくす笑って《本》をこちらに押《お》し戻《もど》す。

「ちょっとそんな気はしていたわ」

テトラは軽く肩《かた》をすくめて言った。

「魔法族《まほうぞく》のあつかう魔法《まほう》と私《わたし》の魔法《まほう》って、別モノなんじゃないかって、うすうす思っていたの。この《本》をじっさいに確認《かくにん》してみて、はっきりわかった。私《わたし》にとっては白紙のページがつづくだけ。けっこう色あせてたから、黄ばんだページって言うべきかな？」

「そんなはずない！　だって……だってあなたはさっきから、たくさん魔法《まほう》を使ってた！」

信じられなかった。信じたくない。

そうだとしたら、《守り手》って……いったいなにを守っているの？

この世のすべての魔法《まほう》を、守ってたんじゃなかったの？

「あんたの魔法《まほう》が《本》とは無関係だと言うんなら」

オルガが言った。

「自分の魔法《まほう》を、さっきの子たちに教えることもできているの？」

私《わたし》は、はっとしてテトラを見た。

テトラはため息をつき、首をふった。

「いっぺんは教えてみる。本当よ。でも、うまくいったことはない。だれも私《わたし》のようには魔法《まほう》が使えないみたい。魔法族《まほうぞく》の子は、《本》を読めばみんな魔法《まほう》が使えるんでしょ？すごいよね。非魔法族《ひまほうぞく》に魔法《まほう》使いがいたとしても、きっと数はものすごく少ないんだと思う。《本》を読める子は百人のうちのひとりかふたりくらいだろうって、ガブも言ってたわ。でも、そのひとりかふたりを見つけ出すことが大事なんだって話もしてた」

胸《むね》のあたりがもやもやした。

のどがつかえる。

その百人のうちのひとりに、私《わたし》はなれなかった。

でも、もしかしたら私《わたし》の学校に、魔法《まほう》を使える子がいるかもしれない。

私《わたし》の町に、《本》を読みさえすれば魔法《まほう》を使える人がいるかもしれない。

その人たちは、自分が魔法使《まほうつか》いだという事実を知らないままだ。テトラのように規格外《きかくがい》に強ければ、感覚的に魔法《まほう》を使いこなす人もいるだろうけれど、そんな人は本当にまれ。ほとんどの人は自分の才能《さいのう》に気づかないまま、一生を終えることになる。

私《わたし》はあらためてテトラを見つめた。

この人は、百人にひとりどころじゃない。

三百年に一度の、特別な魔法使《まほうつか》いだ。もしかしたら千年かも。

「ガブは、どうやってあなたを見つけたんですか？　ほかの魔法族《まほうぞく》も、あなたのことを知っているようだけど……？」

「ああ、それは」

「《予言者の一族》が滅《ほろ》びたから」

テトラの言葉をふさぐように、オルガが代わりに答えた。

オルガはあいかわらずケーキに手をつけず、腕《うで》を組んだままテトラをにらみつけている。

「自然は空白をきらう。なにかが失われれば、かならず新しい存在《そんざい》が生まれてくる。世界が勝手にバランスを保《たも》とうとするの。《黒魔術師《くろまじゅつし》》にもそう言われたでしょ、テトラ？」

オルガがたずねると、テトラはこまったように笑った。

「私《わたし》、知ったこっちゃないんだけど、どうやらそうみたい」

「《予言者の一族》が滅《ほろ》んだのは、正確《せいかく》には二十八年前」

オルガが言った。

「その約一年後に、テトラが生まれてる。《黒魔術師《くろまじゅつし》》が《予言者の一族》を滅《ほろ》ぼして、新しい魔法族《まほうぞく》のテトラが生まれてくるように仕向けたんだよ。世のなかを混乱《こんらん》させるために」

テトラはにこにこ笑いながら紅茶《こうちゃ》の入ったカップをくるくる回し、言った。

「どう反論《はんろん》しようか、考えてる」

「そう考えれば、すべてつじつまが合うけどね」

テトラはカップから目をあげ、オルガを見て吹《ふ》き出した。

「笑っちゃってごめん。でも、おかしくて。結果だけ見れば、あとからはなんとでも言えるよね。だけど、たったひとりの魔法使《まほう》いに、そんなことがねらってできるわけがないと思うんだけど。あなたは《黒魔術師《くろまじゅつし》》を買いかぶりすぎ。そんなにガブがこわいの？」

オルガは顔を赤らめて反論《はんろん》した。

「なら、どうして《黒魔術師《くろまじゅつし》》はあなたの居場所《いばしょ》を知っていたの？」

「あの人が、必死こいて私《わたし》を探《さが》し当てたのよ。はじめて会ったのは、私《わたし》が十歳《さい》のとき」

テトラはほほ笑《え》みながら言った。

「ガブは、たしかに気味の悪いことばかり言うわ。いい人ではないかもね。でも私《わたし》は、あの人が本当の悪人だとも思ってない」

私《わたし》は意外な気持ちでテトラを見つめた。

「いい人じゃないのに、悪人でもないって、どういうこと？」

「あら。ふつうの人って、みんなそんなもんじゃない？」

テトラは笑った。

「ガブって、ものすごくふつうの人だよ。理想はだれより高いのに、持ってるカードが殺《さつ》戮《りく》兵器しかないっていう、笑っちゃうくらい運の悪い人。《黒魔術師《くろまじゅつし》》の家に生まれちゃって、本人がいちばん悔《くや》しがってるんじゃないかな」

テトラはにやりと笑った。

「もちろん、本人はそんなこと、おくびにも出さないけどね」

「やっぱり、《黒魔術師《くろまじゅつし》》のことが大好きみたいだね」

オルガが軽蔑《けいべつ》したように言うと、テトラは声をたてて笑った。

「それ、下にいる子たちに言ったら大笑いされるよ。私《わたし》はいつもガブの悪口ばかり言ってるから。でもまあ、私《わたし》を認《みと》めてくれた魔法使《まほう》いは彼《かれ》だけだから、たしかに少しは同情的《どうじょう》かも」

それに、と、テトラは三杯《ばい》目の紅茶《こうちゃ》をそそぎながら言った。

「《黒魔術師《くろまじゅつし》》だけが邪悪《じゃあく》な魔法《まほう》使いじゃないでしょう？　あなたたちの持っている、それと、それと、それ」

言いながら、私《わたし》のポシェットとオルガの頭のリボン、そしてホウキを指さして、にっこりした。

「どう見ても生け贄《にえ》が捧《ささ》げられているようだけど、それはいいの？」

「生け贄《にえ》？」

私《わたし》はぽかんと口をあけた。オルガを見ると、くちびるを引き結んでテトラをにらみつけている。その表情《ひょうじょう》で、背中《せなか》にひやりと寒気を感じた。

テトラは私《わたし》を見て、面白《おもしろ》そうに笑った。

「あら、アリーチェは知らなかったんだ。私《わたし》は見ればわかったよ」

「ど……どういうこと、オルガ?」

オルガはちらりと私《わたし》を見たあと、テトラをにらんで、ため息をついた。

「……呪具《じゅぐ》を作るには、犠牲《ぎせい》がいるの」

その言葉で、私《わたし》はありありと思い出した。

さっき、《呪具師《じゅぐし》》の支払《しはら》いのためにアトリエの奥《おく》へ消えていったオルガ。

その直後、肉屋のほうへ回りこんだとき、奥《おく》で旦那《だんな》さんがなにかの肉を解体《かいたい》しているのが見えた。アトリエの奥《おく》と肉屋の奥《おく》は、位置的につながっている。

つまり……《呪具師《じゅぐし》》はオルガの魔法《まほう》を定着させるために生け贄《にえ》を使ったんだ。オルガは祈祷師《きとうし》として、風を呼《よ》ぶかなにかの魔法《まほう》をかけただけだけれど、《呪具師《じゅぐし》》がそこに生け贄《にえ》を組み合わせた。

間接的《かんせつ》に、オルガは命を使って魔法《まほう》を使った。

「でも、《呪具師《じゅぐし》》の生け贄《にえ》は動物なんだよ、アリーチェ。人間の魂《たましい》じゃない」

「だけど、それって……」

急に、自分の持っているポシェットが、おそろしい黒魔術《くろまじゅつ》の道具のように思えてきた。

《呪具師《じゅぐし》》のアトリエに《黒魔術師《くろまじゅつし》》の木彫《きぼ》りの生首があったのは、ふたつの魔法族《まほうぞく》にゆかりがあったから。彼《かれ》らは根本的なところで、いとこ同士《どうし》の関係なんだ。

知らなかった。ぜんぜん。

知っていたら、私《わたし》は《呪具師《じゅぐし》》に助けを求めただろうか？

オルガは顔をしかめ、怒《おこ》ったように言った。

「あんただって肉料理を食べるでしょ、アリーチェ。おなじなの。それとこれはおなじ。だれかが手を汚《よご》す。そしておいしいものや便利さを手に入れる。魔法《まほう》使いだけじゃないよ。みんなどこかで、犠牲《ぎせい》を出しながら生きてるの。ほかの命を踏《ふ》みつけていない命なんて存《そん》在《ざい》しない」

テトラは「私《わたし》もそう思うわ、オルガ」と言って、オルガのカップにお茶をつぎ足した。

オルガがむっとしたようにテトラをにらみつける。

「でも、《黒魔術師《くろまじゅつし》》はべつ。あっちは人間の魂《たましい》を使うもの。ガブが本当にいい人間なら、魔法《まほう》なんか使わなきゃいい。黒魔術《くろまじゅつ》を使ってるってことは、人間を犠牲《ぎせい》にしてるんでしょ」

「あらら。まあ、境界線《きょうかいせん》は人によるよね」

テトラはくすくす笑った。

「人間さえ手にかけなければ、ほかの命は利用してもかまわないってことでしょう？とっても人道的だよね」

「さっきから、なんなの？　ケンカ売ってる？」

「まさか。私《わたし》は面白《おもしろ》がってるだけ」

私《わたし》は、オルガをからかうテトラを見つめた。

この人は、すごく合理的に考えるんだな、と思った。

子どもたちと暮《く》らすのは、家族みたいに大切に思っているからじゃなくて、おたがいの利害が一致《いっち》しているから。ガブの晩酌《ばんしゃく》に付き合うのは、彼《かれ》を気に入ってるからじゃなくて、自分を受け入れてくれる魔法《まほう》使いがひとりしかいないから。

ううん、ちがうか。ちがう。

この人は理屈《りくつ》っぽく言っているだけで、本当はすごく、さみしがりなんだ。

だれよりさみしがりだからこそ、人と距離《きょり》を置いている。

傷《きず》つかずにすむように。

火傷《やけど》の痕《あと》が増《ふ》えないように。

「テトラは、魔法《まほう》使いたちをうらんでる？」

私《わたし》はたずねた。テトラがにっこりしながら首をかしげる。

「なぜ？」

「だって……彼《かれ》らは、あなたを受け入れてくれなかったでしょ？」

「あなたはどうなの？」

どきりとした。テトラは私《わたし》の目の奥《おく》を見透《みす》かすようにのぞきこむ。

「あなたは、魔法《まほう》使いをうらんでいるの？」

オルガが私《わたし》を見た。テトラの質問《しつもん》にぴんときていない顔で。

私《わたし》はごくりとつばを飲みこんだ。

テトラは非魔法族《ひまほうぞく》ではないし、かといって魔法族《まほうぞく》とも言えない。

だからだろうか。ぽろりと、ほかの人にはぜったいに話さないような言葉がこぼれた。

「……《守り手の一族》は、魔法《まほう》使いたちに管理されてる」

口に出すと、言葉がひりひりと痛《いた》みをともなう気がした。

テトラは顔色を変えず、私《わたし》が先を話すのを待っている。

「私《わたし》たちは家畜《かちく》とおなじなの。人間あつかいされてない。私《わたし》たち家族は、ほかの魔法《まほう》使いからは……人間には、数えられてないんだと思う」

オルガは眉間《みけん》にしわを寄《よ》せ、反論《はんろん》しようと口をひらいた。

「そんなわけ――」

「もしも私《わたし》に《本》が読めるとわかったら、魔法《まほう》使いたちは私《わたし》の記憶《きおく》を消して、家族と引き離《はな》すと思う。被害妄想《ひがいもうそう》とかじゃなくて、事実なの。じっさいに、そういう人が昔いたんだって、お母さんからきいたから」

オルガは口をとざし、青ざめた。どうやら初耳だったらしい。それでも、「そんなはずはない」と反論《はんろん》しないところを見ると、ありそうな話だと認《みと》めたってことだろう。

オルガにだって心当たりがあるはずだ。

魔法《まほう》使いが非魔法族《ひまほうぞく》のことを、どこかで見下してるってことを。

オルガ自身でさえ、心の底では私《わたし》たちを見下してるってことを。

オルガの父親だって非魔法族《ひまほうぞく》だ。親戚《しんせき》にも非魔法族《ひまほうぞく》はたくさんいるだろう。学校には友だちだっておおぜいいる。そもそも魔法族《まほうぞく》は圧倒《あっとう》的に数が少ない。いつかオルガが非魔法《ひまほう》族《ぞく》の人と結婚《けっこん》する可能性《かのうせい》はとても高い。

だけどそんなの、関係ない。

魔法《まほう》が使える人と使えない人。わかりやすい二元論《ろん》で、両者のちがいは明白だ。そして私《わたし》ははっきりと、《魔法《まほう》が使える人》たちに見下されていると、肌《はだ》で感じて生きてきた。

「でも、私《わたし》は……そんな人たちでも、やっぱり、きらいになれない」

ぽろりと涙《なみだ》が出た。

あわててぬぐって、顔をあげる。

「システムが悪いの。魔法《まほう》使いが私《わたし》の家に《本》を保管《ほかん》させて、順繰《じゅんぐ》りに《本》を読みに来る、このシステムが悪いの。予言の手紙は、私《わたし》に《なすべきことをなせ》って言った。私《わたし》がなすべきことって、このシステムを変えることだと思う。だって、私《わたし》には《本》が読めるから。これって、ほかの人にはぜったいできないこと。だけど……だけど、具体的にどうすればいいか、わからない。私《わたし》はつぎに、なにをすべきなの？」

テトラはなにも言わなかった。オルガが顔をゆがめて私《わたし》を見ている。

のどが詰《つ》まって、苦しい。私《わたし》、なんのためにここまで来たんだろう。

《予言者》は、私《わたし》になにをさせたいの？

「あなたはどうしたいの」

しばらくして、テトラが言った。

私《わたし》は肩《かた》をすくめ、笑ってごまかした。

ちゃんとごまかせてるといいんだけど、と思いながら。

「さあ。わからない。ふつうの人も魔法《まほう》を学べるようになったらいいな、とは思うけど。私《わたし》ってほら、《本》の内容《ないよう》を人に言いふらせるみたいだから。でもそんなことをはじめたら、家族と引き離《はな》されちゃうし。もしかしたら監禁《かんきん》とかされちゃうし。あの予言って、テトラに守ってもらうために私《わたし》をここへ寄《よ》こしたのかな。私《わたし》も親をなくすから？　あは。そうかもしれない。でも、私《わたし》は」

ひざの上でぎゅっとこぶしをにぎって、しぼり出すように、言った。

「私《わたし》は……家族のところに、帰りたい。ふつうに、暮《く》らしたい。魔法《まほう》使いと……あの人たちと、敵対《てきたい》したくない。ずっとそばにいて、かかわってたいの」

だって私《わたし》は、魔法《まほう》使いが大好きだから。

いまも、あこがれているから。

なのに私《わたし》の存在《そんざい》は……どう考えても、負の連鎖《れんさ》をもたらすだけだ。

私《わたし》がどういう存在《そんざい》かを知ったら、魔法《まほう》使いたちはきっと私《わたし》を利用する。独《ひと》り占《じ》めにしようとする。私《わたし》を人としてあつかうことはないだろう。私《わたし》のことを、便利な家畜《かちく》のようにあつかう。金の卵《たまご》を産むニワトリとして。

それがわかっているから、つらい。

大好きな人たちに、尊敬《そんけい》できないまねなんかさせたくない。なのに私《わたし》の存在《そんざい》が、きっとみんなを邪悪《じゃあく》にさせる。おたがいに争わせる火種になる。

本当は、私《わたし》が……私《わたし》こそが、魔法使《まほうつか》いをきらいになりたくないんだ。

オルガが立ちあがって、私《わたし》を抱《だ》きしめた。私《わたし》はすわったまま、相手を抱《だ》きしめ返した。

「アリーチェのこと、見下したりしないよ。ぜったい」

「……ありがとう、オルガ」

私《わたし》も、オルガをきらいになったりしない。そう思った。

だってオルガは、《守り手》の私《わたし》じゃなくて、アリーチェの私《わたし》を見てくれているから。

頰杖《ほおづえ》をついてきいていたテトラが、とつぜんタンッとテーブルをたたいた。

「ああ、そっか！」

私《わたし》たちはびくっとして、晴れ晴れとした顔のテトラを困惑《こんわく》気味に見つめた。

「なに？」

「私《わたし》、《予言者》があなたをここへ寄《よ》こした理由がわかっちゃったかも」

「ほんとに？」

「ほんとにほんと」

テトラは花みたいな笑顔《えがお》で、おおげさに両手を広げてみせた。

「魔法《まほう》使いのなかで、私《わたし》ほどの適任者《てきにんしゃ》はいないわ。ていうか、私《わたし》にしかできないかも。なにしろ私《わたし》には《本》の内容《ないよう》がひとつも読めないし、《本》の重要性《せい》をひとつも理解《りかい》していない。おまけに私《わたし》は、ほかの魔法《まほう》使いよりもずーっと強くて、だれのこともこわくないし、きらわれたってべつにいい。だから、こんなことが平気でできちゃうの！」

そう言って、テトラは芝居《しばい》がかったように、ぱちんと指を鳴らした。

つぎの瞬間《しゅんかん》。

ぼっと、《本》に火がついた。

オルガが悲鳴をあげる。私《わたし》は口もきけなかった。

みるみるうちに《本》は燃《も》えあがり、炎《ほのお》が天井《てんじょう》をなめ、火がくすぶって——あっというまに、まるで最初からそうだったみたいに——テーブルの上で、さらさらとした白い灰《はい》になった。

X 《黒《くろ》魔《ま》術《じゅつ》師《し》》

《守り手の一族》は、《本》を守るために存在《そんざい》してきた。

魔法界《まほうかい》は《本》を中心に回っていた。

すべてが《本》のため。《本》がこのシステムを作ったと言ってもいい。

そして私《わたし》は変えたいと言った。

このシステムを変えて、解放《かいほう》されたい。私《わたし》たち家族を人としてあつかってほしい。魔法《まほう》使いと対等になりたいと願った。便利なコマとしてじゃなく、尊敬《そんけい》し合える関係に。

その願いを阻《はば》んでいるのは、たしかに《本》なのかもしれなかった。

《本》があるせいで、魔法《まほう》使いはほかの人間がぬけがけしないか、いつも見張《みは》っている。たがいを信用せず、皮肉を言い合って、戦々恐々《せんせんきょうきょう》としている。《本》があるせいで魔法界《まほうかい》はぎすぎすしている。そして《守り手の一族》は、先頭に立ってその割《わり》を食ってきた。

ぜんぶ《本》のせい。それはそう。

だからって、《本》をこの世からなくしてほしいだなんて言ってない。

「そんな！」

私《わたし》ははじめ、反応《はんのう》できなかった。あまりのショックで、ワンテンポ遅《おく》れてしまった。

でも、それが灰《はい》になったとき。炎《ほのお》が消え、なにもかも手遅《ておく》れになったとき。

私《わたし》はさけび声をあげていた。

手を伸《の》ばし、私《わたし》はそれをつかんだ。つかもうとした。《本》だったモノは、ふわふわのほこりみたいにぶわっと空気中に舞《ま》い散った。

ああ、ダメ。ひとつも取りこぼさないようにしなくちゃ。でないと復元《ふくげん》できない。元どおりにしなきゃ。魔法《まほう》の力で！

「オルガ！《錬金術師《れんきんじゅつし》》なら、これ戻《もど》せるよね？でしょ？大丈夫《だいじょうぶ》だよね？」

オルガはぼう然としていた。絶望《ぜつぼう》的な表情《ひょうじょう》で灰《はい》を見つめ、私《わたし》に視線《しせん》をうつす。

「……アリーチェ。これは、もう……」

私《わたし》はぐるっと首を回してテトラを見あげた。すがりつくように。

「テトラは。できるでしょ、ねえ！あなたの魔法《まほう》なら簡単《かんたん》に戻《もど》せるんだよね？私《わたし》をびっくりさせようとして、こんなことしたんだよね、そうでしょ？　こんなの私《わたし》、うれしくない。いますぐ戻《もど》して。はやく！」

「私《わたし》、時間を戻《もど》す魔法《まほう》は使えないの」

テトラはにっこり笑って手をひらひらふった。

生まれてはじめてだ。

人の顔を、思いきりぶん殴《なぐ》りたいと思ったのは。

「ねえオルガ。だれなら直せる？　私《わたし》、《黒魔術師《くろまじゅつし》》に魂《たましい》を売ったっていい。《本》を元どおりにできるなら――」

「めったなこと言わないで、アリーチェ！　それだけはダメ！」

オルガが顔を引きつらせ、私《わたし》の肩《かた》をつかんだ。

だって。そうでもしないと、私《わたし》は。

「これがないと、若《わか》い魔法《まほう》使いは魔法《まほう》を学べないんだよ。これから生まれてくる魔法族《まほうぞく》も、魔法《まほう》を使えない。魔法《まほう》が死ぬ。この世から。《錬金術師《れんきんじゅつし》》が言ったとおりに。そんなのありえない！」

「あんたがいるでしょ」

オルガはいそいで言った。自分でもぜんぜん納得《なっとく》なんかしていないくせに。

「あんたがいれば、魔法《まほう》はほかの魔法《まほう》使いにも伝わる。《本》はまた作れるよ」

「無理だよ。できっこない。わかってるでしょ。私《わたし》、覚えてないんだよ。《本》を読んでないの。ちゃんと読もうともしなかった。読む資格《しかく》なんかないと思って……ああ、どうしよう、オルガ！　私《わたし》のせいだ。《本》に書かれた魔法《まほう》が、ぜんぶ消えた。私《わたし》のせいで、この世から魔法《まほう》使いがいなくなる……！」

へなへなと、私《わたし》は床《ゆか》にへたりこんだ。

髪《かみ》をぐしゃぐしゃとかきむしる。涙《なみだ》が止まらない。

ああ、おばあちゃん、ごめんなさい。

お母さん、お父さん、どうしよう？

いったいどうすればつぐなえる？　魂《たましい》を何回切り売りすれば、許《ゆる》される？

許《ゆる》されやしない。私《わたし》はとんでもないことをしてしまったんだ。

三百年も守られてきた《本》を、私《わたし》がたった数日で台無しにした。予言なんか信じたせいで。私《わたし》が終わらせた。私《わたし》が、魔法《まほう》を殺《ころ》したんだ！

「あなたって、ちょっとやかましいね。そうじゃない？」

テトラがこまったように笑いながら言った。私《わたし》は震《ふる》えながら魔女《まじょ》を見あげた。

「……なに、へらへら笑ってんの」

「あなたに必要なのは、休息ね」

テトラはそう言って、私《わたし》の頭に手を伸《の》ばした。

ふり払《はら》おうと思ったのに、テトラの手は幽霊《ゆうれい》みたいにすかっと通りぬけてしまい、触《さわ》れなかった。テトラはにたりと笑って、私《わたし》のひたいに実体のある手をのせ、つぶやいた。

「おやすみ、よい夢《ゆめ》を」

そのとたん、私《わたし》はなにも考えられなくなった。

まぶたが重くのしかかり、力がぬけ、意識《いしき》が遠のいていった。


こんなに心おだやかな気持ちで目が覚めたのはいつぶりだろう。

目覚めたとき、私《わたし》は心地《ここち》いいハンモックに寝《ね》そべっていた。

どこにいるのか、一瞬《いっしゅん》わからなかった。だれかの話し声がする。数人の女の人の声と、ひとりの男の人の声。遠くに子どもたちの笑い声がきこえて、ああ、そうかと思い出した。

ここはテトラの家。孤児《こじ》の子どもたちがいる家だ。

最悪な気分で目覚めるべき状況《じょうきょう》のはずなのに、なぜか気分はよかった。

きっとこれは、テトラの魔法《まほう》。そういえば、人の考えを思いどおりにできるとかなんとか、言っていたっけ。

たしかに不気味なんだろうけれど、私《わたし》はどこかで感謝《かんしゃ》していた。自分でもコントロールできない感情《かんじょう》をなだめられると、安心を覚えてしまうものなのかもしれない。怒《いか》りとか、不安とか、恐怖《きょうふ》とか。負の感情《かんじょう》って、自分でももてあましてしまうことが多いから。

私《わたし》がいるのはテラスだった。体勢《たいせい》を変えようとしてハンモックが揺《ゆ》れ、動きを止める。揺《ゆ》れが収《おさ》まるまで待とうかな、と思いながら目をあげると、すぐそばのテーブルについている人びとが目に入った。とたんに、おだやかだった心があっというまに凍《こお》りつく。

「おや、眠《ねむ》り姫《ひめ》がお目覚めだ。気分はどうかな、アリーチェ?」

そう言って、にこっと笑いかけてきたのは――黒めがねをかけた、ガブだった。

目覚めたらとなりに《黒魔術師《くろまじゅつし》》がいたなんて、ほんと最高だ。

もちろん皮肉。

「なっ……なんで、えっと、ここにいるの?」

「きみのことが心配でたまらなかったからさ。おれの娘《むすめ》たちにはもう会ったんだって?」

そう言ってちらりと目をやる、その先にすわっていたのは、アウラとニマだった。ちっとも似《に》ていない、たぶん血のつながりのない双子《ふたご》は、不服そうな顔で私《わたし》をにらんでいた。すきあらば私《わたし》を誘拐《ゆうかい》して、地下深くの牢屋《ろうや》に監禁《かんきん》してやりたいって顔だ。でもいまは養父のガブがそばにいるから、欲望《よくぼう》のままに行動するのはちょっとひかえてますって顔。

そして、そのとなりにはオルガがいた。

だれよりも警戒《けいかい》して、いつでも嵐《あらし》を呼《よ》んでこの場をめちゃくちゃにできるんだからねっていう、敵意《てきい》むき出しの顔でガブの向かいにすわっている。

一見平和そうなテラスのテーブルに、ぴりついた空気がただよっていた。

頭がくらくらする。

これは夢《ゆめ》のつづきなの？

「こうして外で会えるなんて、じつにうれしいよ、アリーチェ。きみが生まれてから、ずっと仲良くしたくてたまらなかったんだ。だけど《守り手》の家のなかでしかきみには接《せっ》触《しょく》できなかった。いまはテトラの島にいるから守りの魔法《まほう》を無視《むし》できている。彼女《かのじょ》の強さにはおそれいるよ。このおれでさえ歯が立たないんだからね」

ガブがにやつきながら言った。

私《わたし》はゆっくりと起きあがって足をテラスの床《ゆか》につけた。

ハンモックがぴたりと動きを止める。いまはゆらゆら寝転《ねころ》びたい気分じゃない。日はだいぶ傾《かたむ》いて、もうすぐ夕方になろうとしていた。テラスにいるのは私《わたし》たちだけだった。窓《まど》から室内をうかがうと、子どもたちがテトラといっしょに夕食をかこんでいる。どうやら、私《わたし》たち外野は彼《かれ》らの食事が終わるまで外で待ってろ、ということらしい。

いかにもテトラらしいやり方だ。

テトラはこうやって、自分と、自分の大切な人たちを優先《ゆうせん》してきたのだな、と思った。

私《わたし》はガブをおそるおそるうかがった。ガブはあいかわらず、黒めがねの向こうからにこにこと私《わたし》を観察している。六歳《さい》のころに会ったときとおなじ目で。

「……私《わたし》を追いかけてきたの？」

「そうだと言いたいところだが、ちがう。おれはたまたまテトラに会いに来たんだ。そしたらきみがいるじゃないか、アリーチェ！」

両手を広げ、びっくりしたよ、とガブはけたけた笑った。腰《こし》を浮《う》かせ、私《わたし》に手を伸《の》ばそうとした瞬間《しゅんかん》、オルガが呪文《じゅもん》のかけらを口にした。湿気《しっけ》を含《ふく》んだ風が吹《ふ》きつけ、晴れた空に暗雲が広がっていく。

ガブはすごすごと席に戻《もど》ると、「ああ、それと、《祈祷師《きとうし》》のお嬢《じょう》ちゃんもいるんだった」とつけ加えた。口元は笑っているけれど、目は笑っていない。

オルガはガブをにらみながら、つぶやくように言った。

「私《わたし》の名前はオルガだよ。さっきも言ったけど」

「ああ、ごめんごめん。興味《きょうみ》のない人間の名前は覚えられないタチでね。悪気はないんだ」

ガブはにこりと笑ってすわったままステッキを床《ゆか》につき、指でとんとんたたいた。

私《わたし》はオルガに無言で説明を求めた。

オルガはこまったような顔をしつつも「大丈夫《だいじょうぶ》」と断言《だんげん》した。

「私《わたし》がいるから。安心して」

《黒魔術師《くろまじゅつし》》は他人の魂《たましい》をねらうけれど、魔法族《まほうぞく》の魂《たましい》には手を出せない。魔法《まほう》使いは自分の魂《たましい》を守るすべに長《た》けているからだ。白魔術《しろまじゅつ》とゆかりのある魔法《まほう》使いは、とくに。

《白魔術師《しろまじゅつし》》《祈祷師《きとうし》》《予言者》。この三つの魔法族《まほうぞく》は、白魔術《しろまじゅつ》を基礎《きそ》としている。

白魔術《しろまじゅつ》は、心を使って魔法《まほう》をかける。

真心をこめる、と言えば、わかりやすいかもしれない。

道徳の教科書みたいな話にきこえるかもしれないけれど、本当だ。

《願い》を持って祈祷《きとう》し、《希望》を抱《いだ》いて予言を残す。

白魔術《しろまじゅつ》を使うには、自分の魂《たましい》に正直でいればいい。定期的に心を休め、栄養を取り、誠《せい》実《じつ》であれば、魔法《まほう》は枯渇《こかつ》しない。永遠《えいえん》に魔法《まほう》をかけつづけることだってできる。

反対に、黒魔術《くろまじゅつ》は魂《たましい》をすり減《へ》らす。強い魔法《まほう》をかけたいなら、使い捨《す》ての犠牲《ぎせい》を用意しなければならない。黒魔術《くろまじゅつ》は、自分の魂《たましい》がいくら汚《よご》れても、魔法《まほう》の効力《こうりょく》に響《ひび》いたりしない。だから好き勝手なことがいくらでもできる。どんなに残酷《ざんこく》なことでも。

どうして《黒魔術師《くろまじゅつし》》がほかの魔法《まほう》使いから信用されていないか、これでわかるはずだ。

ガブはオルガの魂《たましい》には手を出せないし、オルガは私《わたし》を守ると言った。

だから大丈夫《だいじょうぶ》。とりあえず、大急ぎで逃《に》げ出す必要はない。

おそるおそる目をやると、ガブはにやにやしながら私《わたし》を観察していた。首をかしげて、言う。

「きいたよ、アリーチェ。きみは《本》が読めるんだって?」

ぎくりとした。

オルガはため息をつき、ガブをにらんだ。

「アリーチェをからかうのはやめて。ただでさえ、いろいろあったんだから」

「失礼！　面白《おもしろ》くって、つい」

あははと笑うガブと、あいかわらず仏頂面《ぶっちょうづら》のアウラとニマ。

「テトラがやらかしたことをきいたよ。傑作《けっさく》じゃないか！　《本》が燃《も》えたって？」

ガブはおなかをかかえて笑っていた。

なにが面白《おもしろ》いんだか、さっぱりわからない。オルガも冷めた目でガブをにらんでいたし、アウラとニマは耐《た》えきれなくなったように、そろってテーブルをどんとたたいた。

「面白《おもしろ》くないっ！」

「なんで笑ってんのよ、ガブ！　あたしたちはどうなるの？」

黒いワンピースのアウラは、私《わたし》に人さし指をつきつけた。

「どうせ燃《も》やすんだったら、その前に読ませてよ！　ケチ！」

白いワンピースのニマも歯ぎしりした。

「そうよ！　魔法族《まほうぞく》はいつだって勝手だわ」

「貴族主義《きぞくしゅぎ》の、いけすかないやつら！」

「血統主義者《けっとうしゅぎしゃ》！」

「青い血！」

笑い上戸になっていたガブは、手をあげて双子《ふたご》を制《せい》した。双子《ふたご》はいまにも私《わたし》につかみかからんばかりだったけれど、少しだけ怒《いか》りをおさえて、椅子《いす》になんとかとどまりつづけた。

腕《うで》を組んでいたオルガが、むすっとしながら双子《ふたご》に言う。

「なら、礼儀《れいぎ》正しく『《本》を読ませてください』と言えばよかったんじゃないの？　いきなり催眠術《さいみんじゅつ》をかけて、アリーチェをあやつったりしないで」

「そうでもしなきゃ、あんたたちは見せてもくれないじゃない」

ガブは「まあまあ、娘《むすめ》たち。静かにしてろ」と言ってふたりをだまらせた。

アウラとニマはむすっとして、小さく私《わたし》にあっかんべをした。

「さてと。アリーチェ、きみはとてもこまったことになったようだ」

ガブが両手を合わせて指を組みながら言った。

セリフとは裏腹《うらはら》に、楽しくて仕方なさそうに見える。

「だが、おれはこの事態《じたい》を歓迎《かんげい》する。というか、なにもかもが想定どおりだ。おれはきみが生まれてくることを知っていた。十四年前にね」

「……え？」

思いもかけない言葉に虚《きょ》を突《つ》かれた。不安げにオルガを見ると、「まあ、話をきいてみて」

と言って、ガブに先をうながすようにあごをあげる。

「自然は空白をきらう」

私《わたし》が眠《ねむ》っているあいだに一度したであろう話を、ガブはふたたび語りはじめた。

「《予言者の一族》が消えたあと、おれはテトラが生まれるのを待った。十四年たてば、またあらたな魔法《まほう》使いが非魔法族《ひまほうぞく》のなかからあらわれると知っていた。じっさいには、テトラは魔力《まりょく》が強すぎて、成人になる前から魔法《まほう》を使いまくっていたんだがね。それでおれは、想定していたよりもはやく彼女《かのじょ》を見つけ出すことができたわけだ」

ガブがにこりと笑って首をかしげる。

「なにか言いたいことがあるようだね、アリーチェ？」

ぎくりとした。ためらいつつ、口をひらく。

「あなたが……《予言者の一族》を滅《ほろ》ぼしたっていううわさは、本当？」

ガブは「はっ」と笑った。

「明確《めいかく》に否定《ひてい》させてもらおう。未来を見通す能力《のうりょく》を持つ人間たちを、滅《ほろ》ぼす？　おれが？　なぜそんなもったいないことをしなけりゃならない？　いいや、ちがうよアリーチェ。おれはなにもしていない。《予言者》は自分たちが滅《ほろ》びる予言をした。そしてそのとおりに自ら滅《ほろ》んでいったんだ。それが連中にとって、もっとも正しいことだと信じてね。じつに惜《お》しいと思ったよ。だが、おかげでテトラが生まれた。これではっきりするだろう？　世界はつねに魔法《まほう》を必要としている！　魔法《まほう》が本当の意味で死に絶《た》えることはない。陰謀《いんぼう》が渦巻《うずま》こうと、《本》が燃《も》えようと、決してそれだけは起こりえない。世界がつねに魔法《まほう》の喪失《そうしつ》を阻止《そし》する。これは明白な《事実》だ」

手の震《ふる》えをおさえることができなかった。

つまり……それなら……。

「《本》がなくても……大丈夫《だいじょうぶ》ってこと……？」

「いいや、大丈夫《だいじょうぶ》ではない。きみにはちょっとした責任《せきにん》が生じたんだ、アリーチェ。むしろ、きみは生まれたときから責任《せきにん》を負っていた、と言ったほうがいいかな？」

オルガが「もったいぶらずに、はっきり言いなさいよ」とガブをどやしつける。

ガブはにやにやしながら「せかすなよ、アリーチェは寝起《ねお》きだ。ひとつひとつ飲みこまなくちゃ」とオルガをいさめた。私《わたし》を見て、にこっと笑う。

「世界は《予言者》の代わりにテトラを生み出した。そしてテトラが十三歳《さい》になったとき、世界は《本》を読まずに魔法《まほう》を使いつづけた魔女《まじょ》を感知した」

よくわからない。それがなんだっていうの？

ガブは、なにを言いたいの？

「魔法《まほう》はとても不自由だ。三百年前のはた迷惑《めいわく》な魔法《まほう》使いによって、魔法《まほう》そのものが《本》にがんじがらめにされてしまった。魔法《まほう》の運命は、一冊《さつ》の《本》とともに！　だが、テトラは《本》を必要としなかった。世界が気づいたんだ。いままでのやり方では、魔法《まほう》の存《そん》続《ぞく》そのものに支障《ししょう》をきたすと。それで、世界はつぎの手を打った。《本》を終わらせる存《そん》在《ざい》を生み出すことをね」

ガブはまっすぐ私《わたし》を見つめた。

「テトラが十三歳《さい》になった瞬間《しゅんかん》、世界はきみをこの世に誕生《たんじょう》させると決めた。きみには使命があるんだ、アリーチェ。おれはきみを手助けしよう。きみはやるしかない。なぜなら《本》はもう、この世にないのだから。きみこそが魔法《まほう》そのもの。魔法《まほう》を存続《そんぞく》させる、唯《ゆい》一《いつ》の希望だ」

頭が真っ白だ。なにを言われているのか、半分もわからない。

つまり……つまり……。

……この人、私《わたし》と《契約《けいやく》》するために、根も葉もないことを言ってる？

「どうやら信じてないよ、この子」

アウラが頬杖《ほおづえ》をつきながら言った。ニマがくすっと笑って、ガブを見やる。

「日ごろの行いのせいじゃない？」

「なぜ？　おれはきみにやさしかっただろ、アリーチェ？」

ガブは笑顔《えがお》で、おおげさに自分を示《しめ》した。

私《わたし》はふるふると首をふった。

「おばあちゃんに、ものすごく失礼なジェスチャーをした」

アウラとニマが「あーあ」という顔で養父を見やる。

ガブは真顔になり、自分のひたいをぱちんとたたいた。

「それに、六歳《さい》の私《わたし》と契約《けいやく》を結ぼうとしたし……」

アウラとニマが「うわー」という顔で養父を見やる。

ガブはあわてたように手をふった。

「あんなの冗談《じょうだん》だって！　な？　おい、そんな目で父親を見るな。やめなさい」

アウラとニマは、べーっと舌《した》を出して背《せ》もたれに寄《よ》りかかった。

ガブはため息をつき、自分をにらんでいるオルガに「なんだよ」と噛《か》みついた。

「どうせ《祈祷師《きとうし》》がおれのうわさをあることないこと吹《ふ》きこんだんだろ？　アリーチェがおれを信用しないのはおまえのせいだからな」

「……私《わたし》は、ガブを信用する」

オルガがぽつりと言ったので、その場にいた全員がおどろいた。

うん、本当。私《わたし》だけじゃなく、アウラもニマも、ガブですら片《かた》まゆをあげておどろいていた。

オルガはあいかわらずしかめっ面《つら》で腕《うで》を組んでいたけれど、ため息をついて私《わたし》を見た。

「テトラの言ってたこと、たしかに少しは当たってるかも。ガブは自分で《黒魔術師《くろまじゅつし》》になることを選んだわけじゃない」

「それは……そうかもしれないけど……」

私《わたし》はどうしていいかわからずに、目をきょときょとさせた。

ガブのほうを見られない。オルガはつづけた。

「もちろん、黒魔術《くろまじゅつ》は人を傷《きず》つける。その仕組みを知ってる人間なら、とてもじゃないけど容認《ようにん》できない。だけど、人の魂《たましい》を使わずに魔法《まほう》をかけられる《祈祷師《きとうし》》が、『いい人間になりたきゃ魔法《まほう》を使わなければいい』ってガブに言うのは……なんか、ちがうかなって」

オルガの声が、少しずつ小さくなっていく。

「ちょっと……反省してる」

私《わたし》はあっけにとられてオルガを見つめた。

どういう心境《しんきょう》の変化だろう。私《わたし》が眠《ねむ》っているあいだにテトラやガブと話して、考えを改めるようなことを言われたんだろうか。それとも……私《わたし》が眠《ねむ》る前にわめきたてた内容《ないよう》のなかに、思うところがあったとか？

アウラとニマは顔を見合わせて、「この子に催眠《さいみん》かけた？」「ううん。あんたは？」と言い合っている。ガブはほほ笑《え》みつつも、人から信頼《しんらい》を向けられることに慣《な》れていないようで、どう言葉を返そうか、思いつかないでいるようだった。

私《わたし》はというと、とつぜん自分が恥《は》ずかしくなって、かあっと顔が熱くなった。

オルガはいろいろ考えている。自分が信じていたことを考え直すなんて、簡単《かんたん》じゃないはずだ。それに……私《わたし》は魔法族《まほうぞく》がほかの人間を見下していると、言いきってしまった。その魔法族《まほうぞく》のなかには、当然オルガだって含《ふく》まれている。

自分がいやな人間だと指摘《してき》されたら、ふつうはいい気がしない。認《みと》めたくなくて、怒《おこ》りだすかもしれない。なのにオルガは立ち止まって考えて、変わろうとさえしている。

ひるがえって、私《わたし》は？

自分はこのままでいいの？

子どものころに言いきかされたことを信じつづけて、なにも変わらないつもり？

「おまたせ」

カラカラと音がして、私《わたし》たちは音のほうをふり返った。

家族との食事が終わったらしい。テトラが戸を引いて、にっこりと顔を出していた。

テトラの子どもたちは、あいかわらずお客さんとは会おうともしない。それぞれの部屋に戻《もど》ったり、食事のあと片《かた》づけにおわれたりしている。

きっとあの子たちには、私《わたし》たちに興味《きょうみ》を向けないように魔法《まほう》がかけられているんだろう。

テトラは子どもたちに、魔法族《まほうぞく》のもめ事とかかわらせたくないのだ。

テトラの判断《はんだん》は、けっこう正しい。

「どう。仲直りはできた？」

テトラがきくと、オルガがむすっとしながら答えた。

「どうかな。なにかきっかけがあったら、またすぐに警戒《けいかい》するかも」

オルガが言い終えるか終えないうちに、ガブはさっと立ちあがり、いつのまにか大きな花束を手にしてテトラに歩み寄《よ》っていた。そして「やあテトラ」と紳士《しんし》的に花を差し出す。

「今日もきれいだね」

「そうかしら。私《わたし》は美人ではないはずだけど」

「関係ないさ。ところで、結婚《けっこん》しないか？」

私《わたし》とオルガは、ぽかんと口をあけてしまった。

アウラとニマは「まーたはじまった」という顔で目をぐるっと回している。

テトラは慣《な》れたようにガブから花束を受け取った。

「どうもありがとう、ガブ。花はもらっておくわ。でも結婚《けっこん》はしない」

「なぜ？　おれときみの子どもが生まれたらどんな魔法《まほう》使いになるか、想像《そうぞう》しただけでわくわくしないか？　ふたつの魔法族《まほうぞく》がいっしょになったら、また世界があらたな魔法族《まほうぞく》を生み出すかもしれないぞ！」

ガブは本当に楽しそうだった。

それを見ながら、テトラはにっこり笑った。

「どうしてあなたのわくわくのために、私《わたし》が命を張《は》って身ごもらないといけないのかしら」

「きみは魔女《まじょ》だろう。ふつうの人間よりは産みの苦しみも味わわずにすむさ」

テトラはまだ笑っていた。

すごい。人って、こんなに笑っていない笑顔《えがお》が作れるんだ。

「あなたみたいなおじいさんと子作りするなんて、身の毛がよだつわ。吐《は》きそう」

「まあいいじゃないか。おれはきみと家族になりたいだけなんだから」

「気持ちが悪いから、口をとじててくれない？　ありがとう」

ガブはふうっと息をついた。

にっこり笑って私《わたし》にウインクを投げ、肩《かた》をすくめる。

「まいったな。連戦連敗だ」

えっと。

テトラが言ってた、ガブの持ち出すおぞましい提案《ていあん》って……もしかして、いまのやつ？

「それより、日が暮《く》れるわよ」

テトラは、いまのやりとりなんてもう忘《わす》れたと言わんばかりに話題を変えた。

はっとして、いつのまにかオレンジ色に染《そ》まった空に気づいた。高台のテトラの家から海の水平線が見える。太陽がいままさに、その下へもぐりこもうとしていた。

日が沈《しず》んだら、おばあちゃんは《本》の手入れをするためにキャビネット棚《だな》をあけるだろう。そして、そこに入っているべきものがないことに気がついたら……信頼《しんらい》できる魔法《まほう》使いに連絡《れんらく》を取るかもしれない。いまだにフリーマーケットから帰ってこず、《本》を持ち出せるただひとりの心当たりである、私《わたし》を探《さが》してくれと言って。

「《本》が消えたら、《守り手》が最初に相談するのは《白魔術師《しろまじゅつし》》だろうな」

ガブがステッキにもたれかかりながら言った。

テトラは目を上に向けて、ああ、あの人か、と口のなかでつぶやいている。

「《本》を燃《も》やしちゃったのは私《わたし》だし。言い訳《わけ》をつらねる場にはついてくわよ」

「おれはきみの加勢《かせい》をする、アリーチェ。頭の固い連中が考えなしに、きみの記憶《きおく》を消して追放するような愚《おろ》かなまねをしないようにね。もちろん、きみがおれを信用してくれればの話だが」

私《わたし》は不安げにガブを見た。

オルガに目をやると「そんなにむずかしく考えなくていいんじゃないの」と笑われた。

「一時休戦、くらいの気持ちでさ。手伝ってくれるって言うんだから、甘《あま》えようよ」

「そうだな。おれとしては、それくらいがちょうどいい」

ガブは肩《かた》をすくめて笑った。

「信用すると言われると、むしろ寝首《ねくび》をかかれそうで不安になるんだ」

アウラとニマが「わかるー」と言いながらうなずき合っている。

私《わたし》はなんだか気がぬけた。

「どうする。みんなで行く？」

テトラがおだやかに笑いながら言った。

私《わたし》はガブとテトラを見た。それから、ちょうどいい機会だからと《守り手》の家までついて行く気のアウラとニマ。そして、どこまでも私《わたし》の味方をするつもりでいるオルガを。

涙《なみだ》がこみあげてきた。

まだ、自分がなにをすべきか、はっきりわかったわけじゃない。だけどうれしかった。

私《わたし》のまわりに魔法《まほう》使いがいることが、うれしい。

彼《かれ》らが私《わたし》の味方でいてくれることが、うれしい。

「帰ろう、アリーチェ。家に帰って、ふつうの暮《く》らしを送ろう」

オルガが私《わたし》の手を取って、私《わたし》が眠《ねむ》る前にまくしたてた、私《わたし》の願いを言った。

私《わたし》はこくんとうなずいた。

「うん」

ガブは「感動的だ」と涙《なみだ》ぐむふりをしてから、にやりと笑って言った。

「その前に、ちょっとした検証《けんしょう》をしておこう。きっと役に立つはずだ」

XI 《白《しろ》魔《ま》術《じゅつ》師《し》》

それから一時間後。

私《わたし》とオルガは《呪具師《じゅぐし》》に借りたホウキで家に帰ろうとした。そこへガブが「ちっちっち」と指をふりながら、わざとらしく笑顔《えがお》を作った。

「それはいけない、夜空は危険《きけん》だ。鳥やコウモリにぶつかるかもしれないし、最近は非魔《ひま》法族《ほうぞく》が作った飛行機なんてのも出はじめている。ここはおれがみんなを連れて行こう」

だけど、ガブがポケットから木彫《きぼ》りの生首を引っぱり出したもんだから、私《わたし》はあわてて「ほかの方法で」とたのんだ。オルガがとなりで腕《うで》を組み、しかめっ面《つら》でこくこくうなずく。

アウラとニマが、まゆをつりあげて文句《もんく》を言った。

「ほかの方法って、なによ」

「そうよ。ガブのやり方にケチつけるなら、代案を出しなさいよ」

ううっ。やっぱりこの双子《ふたご》、苦手かも。

「えっと、《錬金術師《れんきんじゅつし》》みたいに扉《とびら》をつなぐとか……？」

「物理法則《ほうそく》の厄介《やっかい》になるつもりはないわ」

「そうよ。あたしたちは《黒魔術師《くろまじゅつし》》なのよ！」

「じゃ、じゃあ、車を使う？」

「だれが用意するの？」

「それに、ここは島なのよ。もう少し頭を使ったら？」

テトラは私《わたし》たちの押《お》し問答をにこにこしながらきいていたけれど、とつぜんぱちんと指を鳴らして、空中にサークルを出現《しゅつげん》させた。それを見て、私《わたし》たちはだまった。

金色のもやが銀河《ぎんが》みたいにしゅんしゅん回りながら、楕円形《だえんけい》のサークルを作っている。サークルは人がひとり通れるくらいのサイズにまで広がって、そこから私《わたし》の家の正面がはっきり見えた。

大きな魔法《まほう》はふつう、モノを介在《かいざい》させないと安定しない。人間を空に飛ばすならホウキを支《ささ》えにするし、空間に穴《あな》をあけて移動《いどう》したいなら、家や車の扉《とびら》を見立てて使う。

だけど、テトラは平然とした顔で、なにもない空間にぽっかり穴《あな》をあけてしまった。

私《わたし》はあっけにとられてオルガを見た。オルガも口をぽかんとあけていたけれど、私《わたし》の視《し》線《せん》に気がつくとぶるぶる首をふり、顔をしかめてみせた。

「さ、行きましょ」

テトラの号令で、私《わたし》たちはサークルを通って、すっかり暗くなった私《わたし》の家の前に立った。

最後のアウラとニマが通りぬけたとたん、サークルはふっつりと消えた。あとには金色のもやが、なごり惜《お》しげに少しのあいだただよい、風にもまれて見えなくなった。

本屋の扉《とびら》の看板《かんばん》が《閉店中《へいてん》》に変わっていて、おもて向きはひっそりしていた。外灯が照らす路上のどこにも、町の人影《ひとかげ》はない。

ガブはおおげさな身ぶりで一歩足を引き、おじぎをするように身をかがめた。

「お先にどうぞ、アリーチェ。おれたちは《守り手》の許可《きょか》なしでは、この家に入れない」

「そう？　私《わたし》は入れると思うわ」

テトラが言って、私《わたし》の前に立って本屋の扉《とびら》を押《お》した。

日が落ちたあとの我《わ》が家には、家族か《守り手》の許可《きょか》を得《え》た魔法《まほう》使いしか入れない。

それに、物理的にもカギがかかっているはずだ。

なのにテトラがちょっと押《お》しただけで、扉《とびら》はなんの抵抗《ていこう》もなくするりとあいた。テトラは暗い本屋のなかに入っていって、笑顔《えがお》をこちらに向け、両腕《りょううで》を広げた。

「ほーらね！」

「あの魔女《まじょ》が暗黒面に落ちた場合にそなえて、魔法族《まほうぞく》が一致団結《いっちだんけつ》する必要があるな」

ガブがこそっと私《わたし》に言ったけれど、冗談《じょうだん》なのか本気なのか、わからなかった。

「とにかく、私《わたし》が案内するから」

私《わたし》はテトラを押《お》しのけるようにあわてて言った。

私《わたし》の家は、本屋の奥《おく》にプライベートの部屋がある。みんなはそっちにいるはず。私《わたし》より先にテトラと顔を合わせる家族なんて想像《そうぞう》したくなかった。なんて言い訳《わけ》すれば私《わたし》の奇行《きこう》を許《ゆる》してもらえるか、ぜんぜん思いつかない。

テトラは裏庭《うらにわ》の方向をあごでしゃくった。

「みんな、あっちにいるみたいよ」

たとえ《守り手》の許可《きょか》があっても、裏庭《うらにわ》には魔法族《まほうぞく》以外の人間は入れないはずだ。何重にもかけられた守りの魔法《まほう》でそうなっている。非魔法族《ひまほうぞく》のお客さんや私《わたし》の家に遊びに来た学校の友だちは、《本》の部屋や裏庭《うらにわ》には、たとえいたずら心を抱《いだ》いて立ち入ろうとしても、途中《とちゅう》で気が変わったり、自分の目的を忘《わす》れてしまったりして、けっきょくは足を踏《ふ》み入れずに帰ってしまう。

だけど、テトラにはそんな魔法《まほう》なんて、古い蜘蛛《くも》の巣みたいに簡単《かんたん》に取り払《はら》えるものらしかった。テトラが通ったあとを、アウラとニマもちゃっかりついていく。

家のなかはしんとしていた。うす気味悪いくらいだ。

ふつう、家の大事な跡取《あとと》り娘《むすめ》が家出したら、ひとりくらいは家に残って、あとの人が総《そう》出《で》で探《さが》しに出て行くものだと思うだろう。玄関《げんかん》にもつねに明かりを灯《とも》らせて、娘《むすめ》が道の向こうからひょっこり帰ってこないかと見張《みは》りつづけるかもしれない。

だけど、私《わたし》の家はべつ。

魔法族《まほうぞく》の助けがあるなら、家にだれかが残る必要はない。それならむしろ、魔法《まほう》使いのそばにくっついて、祈《いの》りながら発見の知らせを待つほうが賢明《けんめい》だ。

扉《とびら》をあけて裏庭《うらにわ》に出たとき、私《わたし》は思わず身をすくめた。

そこは、数日前の儀《ぎ》式《しき》の日とほとんどおなじ数の魔法《まほう》使いで埋《う》まっていた。

とはいえ、儀《ぎ》式《しき》の日よりも生身の人間は少ない。急に呼《よ》び出されたせいだろう。庭には、亡霊《ぼうれい》のような影《かげ》がゆらゆらとひしめいていた。

影《かげ》のほとんどは、意識《いしき》をこちらに飛ばしつつ、体のあるほうではほかの作業をしているようだった。ぶつぶつと呪文《じゅもん》を唱えたり、そこにいないだれかと会話をしたり、なにか食べている途中《とちゅう》らしく、もごもご口を動かしている人もいた。親戚同士《しんせきどうし》で情報交換《じょうほうこうかん》をして、関係のない話題に気を取られているらしい人もちらほら。

ほとんどの影《かげ》は半透明《はんとうめい》で灰色《はいいろ》がかった幽霊《ゆうれい》みたいだけど、そのなかにぼんやり光る影《かげ》がひとつ、目立っていた。庭の奥《おく》にある泉《いずみ》の前で、おばあちゃんと深刻《しんこく》な面持《おもも》ちで話し合っている。

建物に近いこちら側では、お母さんとお父さん、それからオルガの母親と、《本》を直してくれた《錬金術師《れんきんじゅつし》》が話しこんでいた。

私《わたし》が扉《とびら》をあけると、お母さんはすぐに気づいた。

「アリーチェ！」

その場にいた全員が顔をあげ、私《わたし》に注目した。

みんな、おどろいて目を丸くしている。魔法《まほう》でくまなく探《さが》していたはずなのに、私《わたし》がひょっこり顔を出したせいだ。テトラのサークルを感知できた魔法《まほう》使いは、ひとりもいなかったらしい。

お母さんが私《わたし》のところにかけつける一瞬《いっしゅん》、おばあちゃんと目が合った。

氷を飲みこんだみたいな気持ちがした。足元の地面がくずれていくような感覚。

おばあちゃんの、あの目。

あんな目をしたおばあちゃんは……はじめて見る。

お母さんとオルガの母親は一目散にかけつけると、それぞれの娘《むすめ》を力いっぱい抱《だ》きしめた。ふたりの母親には、私《わたし》たちのうしろにいる、ガブやテトラやアウラとニマなんて、目にも入らないようだった。

お母さんは私《わたし》の顔を両手で包んだ。

そうでもしないと、私《わたし》が煙《けむり》のように消えてしまうとでも思っているみたい。

「大丈夫《だいじょうぶ》？　けがは？　なにもかも無事？　自分の名前を言える？」

「大丈夫《だいじょうぶ》だってば、お母さん。私《わたし》はアリーチェ」

「ああ、よかった！」

また、ぎゅう。あばらが折れそうだ。

でも、私《わたし》はおなじくらい強く相手を抱《だ》きしめ返していた。

お父さんもすぐにうしろからやって来て、お母さんごと私《わたし》を抱《だ》きしめた。

「よかった。みんなおまえを心配していたんだぞ」

「ごめんなさい」

「いいのよ、アリーチェ。ああ、本当によかった」

私《わたし》は胸《むね》がいっぱいになった。

私、帰ってきたんだ。この家に戻《もど》れた。

本当に、本当にほっとした。

ちらりと目をやると、オルガも母親とハグをしていたけれど、耳元でなにか言われて、すぐにぱっと体を離《はな》していた。

「なんでそんなこと言うの？」

「あら、オルガ。私《わたし》はあなたのためを思って……」

「そういうの、いいから！」

オルガの母親が、いったいなにが悪かったのよ、とあわてふためいている。

たぶんだけど、《守り手》に恩《おん》を売れたのね、よくやったわ、とかなんとか言われたのだろう。オルガの母親ならそんなことも平気で言いかねない。悪気はないんだろうけれど、あまり人の気持ちがわからないタイプの人だから。

「アリーチェ、オルガ。ともかくおかえりなさい。みな、あなたたちのことを心配していましたよ」

おばあちゃんと話していた光る影《かげ》が、ゆっくりとこちらに歩いてきて言った。

私《わたし》は家族とのハグをやめ、その影《かげ》と対峙《たいじ》した。

近づいてくるごとに、相手の顔がなんとなく判別《はんべつ》できるようになった。

髪《かみ》の長い女の人だ。テトラよりも背《せ》が高い。なんだか、絶対正義《ぜったいせいぎ》の天使と話しているみたいな気分だった。正しさのためなら、平気で悪魔《あくま》を虐殺《ぎゃくさつ》できるタイプの天使。

じっさい、似《に》たようなものだ。この人は、魔法《まほう》使いのなかでいちばん高潔《こうけつ》で聖《せい》なる力を持つと言われる、《白魔術師《しろまじゅつし》の一族》の家長なのだから。

「それにしても、異様《いよう》ね。守りの魔法《まほう》が濃厚《のうこう》にかけられたこの庭に《招《まね》かれざる者》が入りこんでくるなんて」

「もちろん《招《まね》かれざる者》なんかじゃないさ、《白魔術師《しろまじゅつし》》どの」

ガブが一歩前に進み出て、ぼんやり光る影《かげ》を正面から見すえた。

裏庭《うらにわ》じゅうの人びとが息をひそめる。

うすうす気づいていると思うけれど、《黒魔術師《くろまじゅつし》》と《白魔術師《しろまじゅつし》》は、魔法族《まほうぞく》のなかでもいちばんの宿敵同士《しゅくてきどうし》だ。白魔術《しろまじゅつ》は、黒魔術《くろまじゅつ》を葬《ほうむ》るために生まれたとさえ言われている。

そう、白魔術《しろまじゅつ》はあとから生まれた。皮肉だけど、魔法史《まほうし》のいちばんはじめに存在《そんざい》したのは黒魔術《くろまじゅつ》だった。そこに光をもたらしたのが、白魔術《しろまじゅつ》だ。

白魔術《しろまじゅつ》は、ありとあらゆる善性《ぜんせい》の魔法《まほう》を司《つかさど》っている。癒《い》やしや平和をもたらす魔法《まほう》が得意《とくい》で、魂《たましい》を清め、社会から混沌《こんとん》を退《しりぞ》ける。ほかの魔法《まほう》使いからも一目置かれていて、一族の人間はみんな尊敬《そんけい》されている。白魔術《しろまじゅつ》は、決して枯渇《こかつ》しない純粋《じゅんすい》な心のエネルギーだけで作られる。その成り立ち自体が、すべての魔法《まほう》使いにとってあこがれの対象《たいしょう》なのだ。

《白魔術師《しろまじゅつし》》が目を光らせているうちは《黒魔術師《くろまじゅつし》》も悪さができない、という例え話は山ほどある。子どもに語る寝物語《ねものがたり》や詩になっているくらい。

正統《せいとう》な血を引く《黒魔術師《くろまじゅつし》》がガブひとりしか生き残っていないのは、《白魔術師《しろまじゅつし》の一族》と度重《たびかさ》なる衝突《しょうとつ》があったから、というのは有名な話だ。うわさだから、どこまで本当なのか、私《わたし》にはわからないけれど。

一方で、ガブはこの場にいる《白魔術師《しろまじゅつし》》がまとめてかかってもかなわないほど才能《さいのう》のある魔法《まほう》使いだ、という話も、やはり魔法界《まほうかい》では有名だ。

ガブは《白魔術師《しろまじゅつし》》に笑いかけ、背後《はいご》にいるテトラや、アウラとニマをあごで示《しめ》した。

「ここにいる魔法《まほう》使いたちは、ちゃあんと招《まね》かれている。《守り手》のアリーチェによってね」

お母さんは、はじめて《黒魔術師《くろまじゅつし》》の存在《そんざい》に気がついたみたいな反応《はんのう》をした。私《わたし》を引っぱり、ガブから少しでも遠ざけようとする。その手を押《お》さえて、私《わたし》は首をふった。

「大丈夫《だいじょうぶ》だから」

私《わたし》はお母さんから離《はな》れ、《白魔術師《しろまじゅつし》》の背後《はいご》にひかえているおばあちゃんに目を向けた。

「おばあちゃん、ごめんなさい。勝手に《本》を持ち出して」

「こまったことをしてくれたね、アリーチェ」

おばあちゃんは、いつになくきびしい声で言った。

どこか様子がおかしい。

おばあちゃんは見たこともないほど動揺《どうよう》して、不安げな声色《こわいろ》だった。その声の調子に、こちらまで不安になってくる。

「おまえは、こんな考えなしのことなんかしないと思っていたよ」

「まあでも、無事に戻《もど》ってきたんだから、もういいんじゃないか?」

《錬金術師《れんきんじゅつし》》が割《わ》りこんだ。

魔法《まほう》使いたちの視線《しせん》を集めてちょっと居心地《いごこち》悪そうにしながら、私《わたし》にうなずきかける。

「おれは、あんたが《本》を持ち歩いているのを見たと、ご家族に説明していたところだ。とにかく無事でよかった。《本》を戻《もど》して、このさわぎをさっさと終わらせようぜ」

たぶん《錬金術師《れんきんじゅつし》》は、私《わたし》が《本》を壊《こわ》したことも、《本》を読めることも、だまっていてくれたのだろう。感謝《かんしゃ》の思いでいっぱいになりながらも、胸《むね》が痛《いた》くなった。

「ありがとう。でも、私《わたし》……」

言葉に詰《つ》まった。

庭に集まった魔法使《まほうつか》いたちは、私《わたし》が《本》を元の場所に戻《もど》すのを確認《かくにん》するまでは帰らなさそうに見えた。この人たちはべつに、私《わたし》のことを必死で探《さが》していたわけじゃない。私《わたし》が持ち出した《本》を探《さが》し出すために、ほとんど全員がこの裏庭《うらにわ》に集結しているのだ。

この人たちは、いまも安否《あんぴ》を気にしている。

《本》の無事をたしかめるまでは、安心しない。

ガブは私《わたし》にちらりと目を向けたものの、助けてはくれなかった。

ああ、やだな。こわくてたまらない。

手に手が触《ふ》れて、はっとふり返るとオルガがいた。うなずきながら、私《わたし》の手をにぎってくれている。はあっと息を吐《は》き、私《わたし》はオルガにうなずき返した。

私《わたし》は顔をあげ、まっすぐおばあちゃんを見すえた。

「ないの」

お母さんが、なんのこと？　というふうに私《わたし》をうかがっている。お父さんも《錬金術《れんきんじゅつ》師《し》》も、まゆをひそめて私《わたし》の言葉のつづきを待っている。

「ないの、《本》はもう。燃《も》やしてしまったから」

そこにいた魔法《まほう》使いが、生身も影《かげ》も、全員息を呑《の》んだ。

魔法《まほう》使いは頭のいい人たちばかりだ。見た目よりも長く生きている人が多いし、なにより現実《げんじつ》をだまして魔法《まほう》をかけるには、現実《げんじつ》そのものを理解《りかい》する必要がある。物理法則《ほうそく》を知ってはじめて、うまくぬけ道をついて物理法則《ほうそく》を曲げることができるし、人の心を理解《りかい》してはじめて、心理をついて人間をだます魔法《まほう》をかけられる。《本》を読む年齢《ねんれい》になるまでに、魔法族《まほうぞく》は自分の子どもにみっちりと物理学や心理学の教育を仕込《しこ》んで、準備《じゅんび》を万全にしておく。

だから、魔法《まほう》使いは物事を瞬時《しゅんじ》に理解《りかい》する人が多い。

私《わたし》が《本》を燃《も》やしたと言ったあとで、どういうことだと問い詰《つ》めたり、意味がわからない、などと取り乱《みだ》したりする人はいない。そんなの意味がない。《本》が燃《も》えたと知ったなら、彼《かれ》らはその事実をすんなり受け取る。ヒステリックにわめいたりしない。

だからって、おとなしく納得《なっとく》するわけでもないけれど。

「とんでもないことをしてくれましたね」

《白魔術師《しろまじゅつし》》が怒《いか》りをおさえた声を出した。

おばあちゃんはショックのあまり、口もきけなくなっているようだった。

魔法《まほう》使いたちはざわつき、動揺《どうよう》し、ゆっくりとこちらに敵意《てきい》を向けてきた。

私《わたし》と、私《わたし》を後継者《こうけいしゃ》として育てたおばあちゃんに対する、敵意《てきい》。

そりゃそうだ。私《わたし》たちは彼《かれ》らにとって、魔法《まほう》のひとつも使えない、下等な非魔法族《ひまほうぞく》。うわべでは礼儀《れいぎ》正しくしながらも、実際《じっさい》には見下している。だから私《わたし》が《本》をなくしたとわかれば、簡単《かんたん》に手のひらを返す。

《本》がこの世にないのなら、もう《守り手》にやさしくしてやる義理《ぎり》はない。

少しも。

「ついては、可及《かきゅう》的すみやかに、今後について建設《けんせつ》的な話し合いをはじめたい」

ガブが私《わたし》と《白魔術師《しろまじゅつし》》のあいだに割《わ》りこみ、にっこりしながらステッキを地面につついた。

その瞬間《しゅんかん》、ステッキを起点にしてこちら側を守るように、影《かげ》の壁《かべ》が地面からぶわりと吹《ふ》きあがった。いつのまにか私《わたし》たちに近づいていた魔《ま》法《ほう》使いたちが、ぱっと距離《きょり》を取る。影《かげ》の壁《かべ》が見えたのはほんの一瞬《いっしゅん》だったけれど、効果《こうか》は持続しているようだ。

《白魔術師《しろまじゅつし》》は顔をしかめ、いらだたしげにガブをにらんだ。

「さっき私《わたし》が言った《招《まね》かれざる者》には、あなたも数に入れていたのよ、ガブ」

「そうじゃないかと思ったよ」

ガブはなんてことなさそうに、軽く流して笑った。

「百年前にしたように、都合の悪い《守り手》を魔法界《まほうかい》から追い払《はら》ったところで、なんの役に立つ? そんなもん、うっぷん晴らし以上の効果《こうか》はないだろ。いまこそ時代の変わり目だ。ここはひとつ、柔軟《じゅうなん》に対処《たいしょ》しようぜ、《白魔術師《しろまじゅつし》》どの」

「話し合ってどうなる? 《本》が燃《も》えたところで、呪《のろ》いは解《と》けてないぞ」

影《かげ》のひとりが声をあらげた。

そのとおりだと、ほかの魔法《まほう》使いたちも同調する。

「そこの《守り手》を探《さが》すあいだ、ほかの魔法《まほう》使いの魔法《まほう》はいつもどおり認識《にんしき》できなかった。五十年前、《黒魔術師《くろまじゅつし》》は《本》さえなくなればたがいの魔法《まほう》を知覚し合えるはずだと言い張《は》っていたが、そうはならなかったようだな」

ガブは手をぱちんとたたいて両手を広げた。

「まちがいを認《みと》めよう。その説を推《お》していた時代もあったが、《本》の呪《のろ》いは解《と》けなかった。あやまるよ。だが、呪《のろ》いを解《と》くための、とっておきの人材がここにいる！」

そう言って、ぱっと私《わたし》のうしろに移動《いどう》し、両肩《りょうかた》をつかんで私《わたし》を前に押《お》し出した。

「ここにいる《守り手》のアリーチェは、世界が生み出した救世主《きゅうせいしゅ》、いや、女神《めがみ》だ！　彼女《かのじょ》は《本》をすべて読むことができた。全ページにわたって！　それだけじゃない。魔法《まほう》使いから魔法《まほう》をききとって書きあらわし、その文字をほかの魔法《まほう》使いが読めば、知覚できるようになった。おれたちはすでに検証済《けんしょうず》みだ。どうだ、少しは興味《きょうみ》がわいてこないか？」

ああ、もう。

穴《あな》があったら深くもぐりこんで、上から土をかけてもらいたい。

なんだってこう、ガブって派手《はで》な言葉で飾《かざ》り立てるのが好きなの？

さっきよりも大きな、しかし静かなざわめきが、裏庭《うらにわ》をかけぬけていった。

お母さんとお父さんはおどろいて私《わたし》を凝視《ぎょうし》している。オルガの母親は「やったわ！」と小さくガッツポーズを作って、オルガに思いっきりにらまれていた。《錬金術師《れんきんじゅつし》》が「なるほど」とつぶやきながらうなずき、ほかの魔法《まほう》使いたちは口ぐちに、ガブが言ったことの意味、それがどういうことなのかを話し合っている。

私《わたし》はくちびるを噛《か》んで、おばあちゃんを見やった。

おばあちゃんは気がぬけたように私《わたし》を見ていた。

ううん、そうじゃない。

おばあちゃんは……私《わたし》に、失望していた。

「《黒魔術師《くろまじゅつし》》の言葉は本当ですか、アリーチェ」

《白魔術師《しろまじゅつし》》が問いかける。

私《わたし》ははっとして、ガブにうながされるまま、黄色いポシェットからノートの切れはしを引っぱり出した。折りたたんでいた紙を広げ、「ここに、ガブの魔法《まほう》と、オルガの魔法《まほう》と、私《わたし》が《本》で知り得《え》た魔法《まほう》をひとつずつ書き記しました」と言った。

「書いたものを、ほかの魔法《まほう》使いや非魔法族《ひまほうぞく》も読むことができました。えっと……《黒魔《くろま》術師《じゅつし》》に魂《たましい》を売っていない人間も、という意味です。非魔法族《ひまほうぞく》の子どもがいたので、ためしに読んでもらいましたから」

私《わたし》はその場に来ている魔法《まほう》使いたちの反応《はんのう》を見ながら言いそえた。

魂《たましい》を売る人間を、魔法《まほう》使いたちははっきり態度《たいど》に出して忌《い》みきらう。自分を安売りして穢《けが》れた魔法《まほう》を手に入れる人間は、愚《おろ》かでいやしい、人以下の存在《そんざい》だと思っているから。

だからこの場の魔法《まほう》使いを説得《せっとく》するためには、アウラとニマ以外の、非魔法族《ひまほうぞく》の話を持ち出す必要があった。

いま、ふり返ってアウラとニマの様子を確認《かくにん》する勇気はない。

すごい顔で私《わたし》のことをにらんでいるに決まってるから。

「みんな、私《わたし》が書き写した呪文《じゅもん》を読むことができました。ふつうの本とおなじように。まずはひとつ、ぬれたものをかわかす呪文《じゅもん》をみなさんに教えます。《水を切り払《はら》え》。この言葉を使ってみてください。ちゃんときこえたはずです」

どんなに半信半疑《はんぎ》であろうとも、魔法《まほう》使いは知識《ちしき》をためさずにはいられない人たちだ。

意識《いしき》だけの影《かげ》たちが、体のある場所でそれぞれに魔法《まほう》をためしているのがわかる。そして多くの魔法《まほう》使いが、自分にも使えたことを報告《ほうこく》しはじめた。泉《いずみ》に飛びこんでびしょぬれになり、這《は》い出してきて呪文《じゅもん》を唱え、「使えるぞ！」とさけぶ人もいる。なかには、呪文《じゅもん》との親和性《せい》がなくて使えない人もいるようだけれど、ほとんどの人には使えているようだ。

お母さんが私《わたし》の手をぎゅっとにぎりしめた。私《わたし》もにぎり返して、勇気を得《え》た。

けれど……おばあちゃんの顔は、見られなかった。

「これを、どうぞ」

私《わたし》は《白魔術師《しろまじゅつし》》に、さっきテトラの家で書き留《と》めた紙を差し出した。

「ガブとオルガの魔法《まほう》も、これを読めば使えるようになるはずです。私《わたし》たちはもう、自分たちでためしました。あなたもきっと……」

ガブが軽くステッキをつく。それで、私《わたし》たちを守る魔法《まほう》が消えたらしい。

「……魔法《まほう》が使えるはずです」

《白魔術師《しろまじゅつし》》は影《かげ》の手を伸《の》ばして私《わたし》からメモの紙を受け取った。よかった、と思って顔をあげたとたん、その紙が目の前で燃《も》えあがった。

それは《白魔術師《しろまじゅつし》》の手を離《はな》れ、地面に落ちる前に燃《も》え尽《つ》き、灰《はい》が風に吹《ふ》かれて消えた。

わきたっていた裏庭《うらにわ》が一変、しんと静まりかえった。

「あなたはなにか、かんちがいしているようね」

《白魔術師《しろまじゅつし》》は冷たく言った。

「ほかの魔法《まほう》使いが黒魔術《くろまじゅつ》を使えるようになったらどうなるか、考えたことは？　魔法《まほう》使いが好きに魔法《まほう》を使いはじめれば、世のなかに混乱《こんらん》が起こるだけ。だれもが人殺《ひとごろ》しの武器《ぶき》を隠《かく》し持つようになれば、たがいを信用することはできなくなるわ。毎週のように人が殺《ころ》され、子どもたちは殺人鬼《さつじんき》から身を守るすべを異様《いよう》にうまく身につけることになる。そんな未来が、はたして健全と言えるかしら。魔法《まほう》は厳格《げんかく》に制限《せいげん》しなければならない、危険《きけん》なものよ。だからこそ、これまでは《本》があった。《本》のおかげで、私《わたし》たちは専門《せんもん》分野をまたぐことなく、棲《す》み分けができていたの。あなたが魔法《まほう》の知識《ちしき》を収《しゅう》れんさせることができることはよくわかったわ。つまり、あなたはこれまで以上に、私《わたし》たちの管理下に置く必要があるようね」

ガブが「異議《いぎ》あり」と言いたげに手をあげた。

「思うんだが――」

「なんでそうなるの？　アリーチェはふつうの生活をのぞんでるのに！」

ガブを押《お》しのけるようにして、オルガがさけんだ。

ガブも《白魔術師《しろまじゅつし》》も、ほかの魔法《まほう》使いたちまできょとんとして、三か月前に十三歳《さい》になったばかりの、世界でいちばん若《わか》い魔法《まほう》使いのオルガを見つめた。

「それぞれが好きなように魔法《まほう》を学ぶ。それのなにが悪いの？　魔法《まほう》のなかには、そりゃ危険《きけん》なものだってあるかもしれない。だけど、危険《きけん》な魔法《まほう》しか使えない人は？　選べもしないなんておかしいよ。だいたい、魔法使《まほう》いが魔法《まほう》でなにをするかなんて、本人の問題でしょ？　アリーチェが責任《せきにん》を負うことじゃない！」

「ああ、お願いオルガ。だまって！」

オルガの母親が、《白魔術師《しろまじゅつし》》をちらちら見ながらささやいた。

「あなたにはまだわからないことがたくさんあるのよ、オルガ。そう簡単《かんたん》にはいかないの。世のなかはあなたが思う以上に複雑《ふくざつ》で――」

「私《わたし》に命令するのはやめて、お母さん」

オルガは母親をにらんだ。

「私《わたし》はアリーチェの友だちなの。友だちだから、だまったりしない！」

ひやりと、裏庭《うらにわ》に冷たい空気がはりつめた。

魔法《まほう》使いたちが私《わたし》に非難《ひなん》の目を向ける。

この場にいる人びとの心の動きが、手に取るように伝わる。

――《本》をなくしたと思ったら、《黒魔術師《くろまじゅつし》》に庇護《ひご》を受け、今度は《祈祷師《きとうし》》の娘《むすめ》と仲良しこよし。つつけばつつくほどボロが出る、とんでもない娘《むすめ》だ。

――そう、思われている。

オルガの親戚《しんせき》である《祈祷師《きとうし》》たちは不安げに目を見交《みか》わし合い、オルガの母親は喜《よろこ》びを隠《かく》しきれないように頬《ほお》を紅潮《こうちょう》させている。それでもオルガは一歩も引かなかった。

気づくと、私《わたし》はオルガの手をつかんでいた。

もう、ほかの人たちにどう思われたってかまわない。

「べつに友だちじゃないけど、あたしたちもひとこと言わせてもらうわ」

とつぜんアウラが声をあげ、ニマもつづいた。

「あたしたちはガブに魂《たましい》を売った。だけどそれを後悔《こうかい》したことはない」

「そうまでしないと魔法《まほう》使いになれない、ってことのほうが問題でしょ」

「そもそも、恵《めぐ》まれた人間が他人の可能性《かのうせい》を決めつけないでほしいわ」

「あんたたち、自分がものすごーく傲慢《ごうまん》で鼻持ちならない人間だってことに、いいかげん気づいたほうがいいわよ」

「恥《はじ》知らず」

「温室育ち」

「あたしたちは生まれで判断《はんだん》されたくない」

「そうよ。血統主義《けっとうしゅぎ》はだいきらい」

「家父長制《せい》だし人種差別だし男女差別だし環境《かんきょう》に悪いし、それからえーっと」

「とにかくきらい」

私《わたし》はオルガと顔を見合わせた。

すぐそばにいた《錬金術師《れんきんじゅつし》》が、片手《かたて》で顔をおおって笑いをこらえている。

《白魔術師《しろまじゅつし》》はまゆをひそめ、苦々しげに言った。

「あなたの《契約相手《けいやくあいて》》をだまらせてくれない、ガブ？」

ガブはけらけら笑っていた。この場の流れが楽しくて仕方ないみたいに。

「ちょっといいかしら」と声がして、私《わたし》はふり返った。

にこにこ顔のテトラが手をあげ、優等生《ゆうとうせい》みたいに発言権《けん》を求めている。

私《わたし》はすっかりテトラの存在《そんざい》を忘《わす》れていた。お母さんとお父さんが、この人はいったい何者だろう、というように顔を見合わせている。

魔法《まほう》使いなら、お母さんとお父さんは全員に会ったことがある。《守り手》の家族って、そういうものだから。だけど、テトラは一度も私《わたし》の家をたずねてきたことがない。なのに魔法《まほう》使いの集まりにやって来て、意見を言おうとしている。

《白魔術師《しろまじゅつし》》はぎろりとテトラをにらみつけ、イラついたように言った。

「なにかしら？」

「まず、あんたはここでいちばんえらそうにしているくせに、顔も見せないなんて失礼だよね。そう思わない？」

テトラがそう言ったとたん、ぼんやり光る影《かげ》だった《白魔術師《しろまじゅつし》》が実体をともなった。

裏庭《うらにわ》に来ていた魔法《まほう》使いたちが、おどろいて息を呑《の》んだ。

意識《いしき》だけ飛ばすならともかく、遠くにいる実体を一瞬《いっしゅん》で引き寄《よ》せるなんて、少しでも魔《ま》法《ほう》の仕組みを知っているなら信じられないことなのだ。ていうか、ほとんどありえない。

《白魔術師《しろまじゅつし》》は、思ったとおり背《せ》の高い女の人だった。すごい美人だ。うねる髪《かみ》は腰《こし》まで伸《の》びて、鼻の上にそばかすが散っている。ここへ来た衝撃《しょうげき》におどろき、一瞬《いっしゅん》足元をふらつかせたけれど、すぐに背《せ》すじを伸《の》ばしてテトラをにらみつけた。

テトラはおだやかに笑顔《えがお》を浮《う》かべて言った。

「こんばんは。私《わたし》はテトラ。前にも会ったよね？　自分たちのルールを一方的にかかげて、これに従《したが》うことを誓《ちか》って魔法族《まほうぞく》として認《みと》められるか、さもなくば滅《ほろ》ぼされるかを選べってせまってきて、私《わたし》に返り討《う》ちにされた人だよね？」

《白魔術師《しろまじゅつし》》は顔を赤らめながら腕《うで》を組んだ。

「過《す》ぎた話はどうでもいいわ。話したいことはなに？」

「《本》を燃《も》やした犯人《はんにん》は、私《わたし》」

裏庭《うらにわ》がざわっとした。

《白魔術師《しろまじゅつし》》は鼻にしわを寄《よ》せ、非難《ひなん》するようにガブを一瞥《いちべつ》しながらうなずいた。

「なるほどね」

「えーっと。おれ、その件《けん》に関してはノータッチなんだけど？」

不満げに声をあげるガブを無視《むし》して、テトラはつづけた。

「アリーチェは《予言者》から予言を受け取って私《わたし》に会いに来たの。つまり、《本》が燃《も》えたのは《予言者》のお導《みちび》きってこと。あなたたちって、《予言者》の予言を絶対視《ぜったいし》しているよね？　書かれたことはかならず起こることで、どんなにあがいても無駄《むだ》だって信じてるでしょう？　なら、これはアリーチェの責任《せきにん》じゃなくて、魔法族《まほうぞく》にとって逃《のが》れられない宿命だったたってことにならない？」

「《予言者》は三十年前に滅《ほろ》びたわ」

そう言って、《白魔術師《しろまじゅつし》》はガブをにらんだ。ガブは手をひらひらふった。

「正確《せいかく》には、二十八年前だがね」

「アリーチェが受け取った予言とやらが本物だという証拠《しょうこ》は？」

すべての目が、いっせいに私《わたし》にそそがれた。

私《わたし》は震《ふる》えながら、ポシェットから予言の手紙を取り出した。

けれど、《白魔術師《しろまじゅつし》》は見向きもしなかった。

「読む必要はないわ。《予言者》がその場で書きあげたか、もしくは本人から受け取らないかぎりは、その予言が本物だとは言えない。《黒魔術師《くろまじゅつし》》なら簡単《かんたん》に偽造《ぎぞう》できるもの」

ガブは片《かた》まゆをつりあげたけれど、反論《はんろん》もしなかった。やろうと思えばニセモノが作れるというのは、どうやら本当なんだろう。

私《わたし》はあせった。

「でも、本当にもらったんです！　儀式《ぎしき》の日、私《わたし》に予言を届《とど》けてくれた人がいて……」

「その相手は、どこのだれ？　答えられなければ、私《わたし》たちも信じようがないわ」

「それは……」

そんなの、私《わたし》だってわからない。

いったいどうしろっていうの？

肩《かた》に手を置かれ、見あげると、テトラがにっこり笑っていた。

「なら、その人を呼《よ》び出してみましょ。そして、いったいどういう了見《りょうけん》なのか、きき出してやろうじゃないの」

そう言った瞬間《しゅんかん》、ぶわりと裏庭《うらにわ》に風が吹《ふ》きこんできた。

風にまじって、異国《いこく》のお香《こう》のかおりと、男の人がひとりで借りているホテルの部屋のようなにおいがした。けれど、それもほんの一瞬《いっしゅん》。

私《わたし》と《白魔術師《しろまじゅつし》》のあいだに、上品なコートを着こなした、外国人ふうの男の人が立っていた。誕生日《たんじょうび》に会ったときとまったくおなじトランクを持って、反対側の手で懐中《かいちゅう》時計をかまえ、にっこりと顔をあげる。そうして、庭にいる全員にきこえるような声で、たからかに言った。

「すばらしい！　時間ぴったりだ」

XII 予言の手紙

その場にいた全員が、とつぜんあらわれた男の人に目を丸くしていた。

とくに魔法《まほう》使いたちは、テトラに恐怖《きょうふ》をおぼえているようだった。すでに意識《いしき》だけあった《白魔術師《しろまじゅつし》》ならともかく——それだって信じがたい魔法《まほう》なのだけど——どこにいるかもわからない人間を、私《わたし》に触《ふ》れて記憶《きおく》をたぐっただけで呼《よ》び出したのだから。

ちょっと、テトラには常識《じょうしき》が通じない。この女には逆《さか》らわないほうがいい。

全員がそう感じているのが、ありありと伝わってくる。

《白魔術師《しろまじゅつし》》はせき払《ばら》いをしてテトラをにらみつけてから、あごをつんとあげ、とつぜんあらわれた男の人に向かって横柄《おうへい》に言った。

「あなたはだれ？」

「これは申し遅《おく》れました、私《わたし》はイワサキと申します」

男の人は、相手の冷たい言い方にもまゆひとつ動かさず、笑顔《えがお》で答えた。

自分を初見で見下してくる外国人には、とっくに慣《な》れてるって顔だ。

「我《わ》が家は貿易《ぼうえき》の仕事に従事《じゅうじ》しております。父が三十年前に《予言者》の方々から予言を受け取りまして、指示《しじ》どおりの日時に魔法族《まほうぞく》のみなさんへ手紙をおわたしするよう言付かっております。代わりに、我《わ》が家が繁栄《はんえい》するための予言を十年分いただきました。おかげさまで、我《わ》が家は故郷《こきょう》の国で五本の指に入るほどの成功を収《おさ》めております」

イワサキは、品よくぺこりとおじぎをした。

「先日、そちらのアリーチェさんには一通目の手紙をおわたししたところです」

そう言って、私《わたし》にうなずいてみせる。

「本日お呼《よ》びたてされることも、もちろん承知《しょうち》しておりました。この日、この時間、魔女《まじょ》の召喚《しょうかん》によって呼《よ》び出された折に、この場にいる四名の方々に予言をわたすよう指示《しじ》されております」

魔法《まほう》使いたちがひそひそと話し合っている。何人かは「まちがいない。《予言者》のやり方だ」と納得《なっとく》するようにうわさしていた。ガブが私《わたし》に目配せをして「面白《おもしろ》くなってきたな」と耳打ちした。

《白魔術師《しろまじゅつし》》はまゆをつりあげ、「では、予言をわたしなさい」と命令した。イワサキはにっこりと笑顔《えがお》になると、ひざまずいてトランクをあけ、封筒《ふうとう》を四通取り出した。

「では、はじめに……《白魔術師《しろまじゅつし》》のパメラさん？」

目の前に立っていた《白魔術師《しろまじゅつし》》が「私《わたし》よ」と引きつった顔で答える。イワサキはすぐに封筒《ふうとう》をわたそうとしたけれど、《白魔術師《しろまじゅつし》》は手で制《せい》して顔をそむけた。

「あなたが代わりに読みあげなさい」

「え？　でも……」

「私《わたし》はまだ本物だとは認《みと》めていません。あなたがそれを読めばいい」

イワサキはちょっとためらったのち、「では」と言って封《ふう》を切った。

広げた便せんは、私《わたし》が受け取ったものより長い手紙のようだ。イワサキはちらっと目を通して「本当によろしいんですか?」と《白魔術師《しろまじゅつし》》をうかがった。

「個人《こじん》的なことでは……」

「いいから、さっさと読みなさい!」

「ええ、はい。では」

イワサキはせき払《ばら》いをし、声色《こわいろ》を変えて読みはじめた。

「《疑《うたぐ》り深いパメラ、あなたがこの予言を信じる手助けのために、あなたが十六のときにしたためた日記の一部をここに抜粋《ばっすい》します。『ああ、私《わたし》はどうして《白魔術師《しろまじゅつし》》なのだろう。あの方の妻《つま》になれるなら魂《たましい》を捧《ささ》げる覚悟《かくご》はできているのに。《黒魔術師《くろまじゅつし》》のガブリエラさま。私《わたし》の恋心《こいごころ》を彼《かれ》が知ることは決して──』》」

「やめて!」

《白魔術師《しろまじゅつし》》はイワサキの手から手紙をもぎ取り、ぐしゃぐしゃと丸めてしまった。庭の視線《しせん》がいっせいに《白魔術師《しろまじゅつし》》に向く。

彼女《かのじょ》は真っ赤になりながら「こんなの、こんなの、ニセモノよ!」とさけんだ。

「あらあらあら」

こんなに面白《おもしろ》いことははじめてだ、と言わんばかりに、ガブが歌うような声をあげた。

「いまのは本当かい、《白魔術師《しろまじゅつし》》どの？　まるで気がつかなかったな。鉄面皮の裏《うら》にそんな想《おも》いを隠《かく》していたとは……え、あんた、おれのことを好いてるの？」

ガブはぐりっと首をかしげ、あらためて言った。

「まじで？」

「だから！　ニセモノだって言ってるでしょう！」

《白魔術師《しろまじゅつし》》はさけんだけれど、イワサキは憤慨《ふんがい》したように反論《はんろん》した。

「もちろん予言は本物です。つづきを読んでくださいよ！　あなたが最後まで読んでから、ほかのお三方に予言をわたすよう指示《しじ》が出ているんですから」

私《わたし》は思わずオルガと顔を見合わせた。

ガブがにやにや笑ってステッキにもたれかかる。

「みんなにきこえるように読みあげてくれてもいいんだぜ、《白魔術師《しろまじゅつし》》どの？　おれは個人的《こじん》に、とても興味《きょうみ》をそそられている」

「うるさい、《黒魔術師《くろまじゅつし》》！」

《白魔術師《しろまじゅつし》》は耳まで真っ赤になりながら、だれにも見られないように小さく手紙を広げ、あせったように文字を追った。ぶるぶる震《ふる》えながら手紙をたたみ、すっと背《せ》すじを伸《の》ばしてイワサキをにらみつける。

「読んだわよ」

「では、つぎは《黒魔術師《くろまじゅつし》》のガブリエラさんに」

「おれだ」

ガブは自信たっぷりに手をあげ、イワサキから手紙を受け取った。

中身をあらため、ちょっと読み、ふむ、とうなずく。

「なにが書いてあったの」

「そうよ。読みあげてよ！」

アウラとニマが養父をせっつく。ガブは無造作《むぞうさ》に手紙を娘《むすめ》たちにわたした。アウラとニマが声をそろえ、たった一文の手紙を読みあげた。

「《テトラは不可能《ふかのう》。あきらめろ》」

「あら！」

私《わたし》のうしろで、テトラがうれしそうな声をあげた。

「おどろいた。予言ってほんとに正しいのね！」

ガブは遠い目で肩《かた》をすくめたきり、なんのコメントもしなかった。

お母さんとお父さんは、ひそひそと「なんのことかしら」「さあ」とつぶやいていた。

私《わたし》とオルガはもう一度顔を見合わせ、思わず笑ってしまった。

いっぽう、アウラとニマは不満げに手紙をひらひらさせた。

「これが予言?」

「ただの事実じゃない」

「そうよ。なんにも目新しくないわ」

「《予言者》の予言は、未来に起こる出来事だけが書かれているわけじゃない。未来を変えるために効果《こうか》的な言葉がつらねてあるだけだ」

《錬金術師《れんきんじゅつし》》が腕《うで》を組みながらつぶやくように言った。

「その予言はちゃんと役割《やくわり》をはたしてんだよ。この場にいるだれかの心を動かし、つぎの未来への布石《ふせき》を作るために」

「まさに、まさに! そのとおりです!」

イワサキは満足そうに同意して、三通目の封筒《ふうとう》を持ちあげた。

「つぎは、テトラさんに」

「私《わたし》のことだわ」

テトラは機嫌《きげん》よく答え、手紙を受け取った。

ああ、そうか、と私《わたし》は思った。

テトラは《予言者》のすごさを知らないし、予言をどこかばかにしている。

だけど、ガブがもらった予言のおかげで、いまのテトラなら笑って自分への予言を受け取れるのだ。《予言者》にしてみれば、テトラが素直《すなお》に手紙を広げてくれさえすればいい。

あとは《白魔術師《しろまじゅつし》》のときとおなじように、本人しか知り得《え》ないはずの、信じるしかない言葉をつづけるだけだ。

順番どおりに、予定どおりに。

予言は完璧《かんぺき》に差配されている。

裏庭《うらにわ》に集まった魔法使《まほうつか》いたちは、非魔法族《ひまほうぞく》のテトラが予言を受け取るとは考えていなかったらしい。魔法使《まほうつか》いたちはひそひそと耳打ちしながら、この、見慣《みな》れない魔法《まほう》を使う魔法使《まほうつか》いがどんな予言を受け取ったのかと、興味津々《きょうみしんしん》で見守っていた。

テトラは数行にわたって書かれた予言をだまって読んでいた。

と思うと、手紙はテトラの手のなかで燃《も》えあがり、一瞬《いっしゅん》のうちに消え去った。

「なにが書いてあったの」

私《わたし》がきくと、テトラはにこっと笑って人さし指をくちびるに当てた。

「ひみつ」

「最後は、あなたに。アリーチェさん」

どきっとした。

《予言者》からの、二通目の手紙。

みんなの注目を集めながら、私《わたし》は手紙を受け取って中身をあらためた。

今度の手紙は、ガブへの手紙と同じく、一行きりだった。


——バーバラは、あなたに教えていないことがある。


私《わたし》は顔をあげておばあちゃんを見た。

私《わたし》が帰ってから、まだ一度もハグをしてくれない、おばあちゃんを。

「おばあちゃんが……まだ、私《わたし》に教えていないことがあるって」

ガブも、オルガも、《白魔術師《しろまじゅつし》》も、その場にいた魔法使《まほう》いや非魔法族《ひまほうぞく》が、みんなおばあちゃんに目を向けた。おばあちゃんはふいに人びとの視線《しせん》を集めて、動揺《どうよう》したようにみんなを見つめ返している。

おばあちゃんは……なんでここに立っているのか、どうしてみんながここにいるのか、わからないという顔をしていた。どこか不安げで、ちっぽけで。ひとりぼっちで、泣くのをこらえている、さみしい老人みたいな顔をしていた。

胸《むね》が、ぎゅうっと苦しくなった。

おばあちゃんに、あんな顔をしてほしくない。

家に帰ってからずっと、おばあちゃんに申し訳《わけ》ない思いでいっぱいだった。

何十年も、たったひとりで《守り手》として生きてきたおばあちゃん。どんなに重圧《じゅうあつ》を感じて、どんなに心細かっただろう。それでも、ひとりで耐《た》えて、がんばってきた。

なのに、私《わたし》は《守り手》になって一週間もしないうちに、おばあちゃんが守ってきたものをぜんぶ台無しにした。おばあちゃんはどんなに私《わたし》に失望して、恥《は》ずかしい思いをしただろう。責任感《せきにん》のない私《わたし》に、どんなにがっかりしただろう。自分が守ってきたものを平気でぶち壊《こわ》した私《わたし》に、どんなに怒《おこ》っているだろう。

でも……《予言者》は、おばあちゃんにも秘密《ひみつ》があると言っている。

私《わたし》も知らない、魔法《まほう》使いたちも知らない、秘密《ひみつ》があると。

「おばあちゃん、教えて」

私《わたし》はおばあちゃんに近づいていって、言った。

「それって……《守り手》にとって、大切なことなんでしょう?」

予言には《教えていないこと》と書いてあった。《隠《かく》していること》じゃなくて。

つまり、本来はとっくに教えられているべきことであって、跡継《あとつ》ぎの私《わたし》が知っているはずのことなのだ。

裏庭《うらにわ》に集まった魔法《まほう》使いたちが、息を詰《つ》めて私《わたし》たちを見守っている。

ちらりとふり返ると、お母さんとお父さんが、私《わたし》たちを祈《いの》るように見つめていた。

私《わたし》はふたたび、おばあちゃんをまっすぐ見すえた。

「おばあちゃん?」

おばあちゃんはゆっくりと息をついた。

そっと手を伸《の》ばし、私《わたし》の頬《ほお》に手を当てる。

しわしわでしっとりした、おばあちゃんの手。私《わたし》はその手を包んだ。

「アリーチェ。おまえは、《本》を読めたんだね」

「……うん」

「なら、《本》に書かれていた《まえがき》も、きっと読めたね」

ちょっと面食らいながら、うなずいた。

たしかに読めた。最初のページだったし。

でもそういえば、私《わたし》はあのページすら、ちゃんとは読んでいない。

たしか、けっこうな文字量があったはずだ。だけど、魔法《まほう》について書かれたほかのページとおなじように、自分には読む資格《しかく》なんかないと思って、無意識《むいしき》に目をそらしていた。

「じつはね。あのページだけは、《守り手》はみんな読むことができたんだよ」

おばあちゃんの言葉に、魔法《まほう》使いたちは息を呑《の》んだ。

「……本当に？」

おばあちゃんは、つらそうにうなずいた。

「百年前に《本》を読めたことで追放された人も、読めたのは《まえがき》のページだけだった。《守り手》の儀式《ぎしき》では、《まえがき》が読めることをだまっていられるかどうかが、《守り手》としてもっとも重要な試練なんだ。非魔法族《ひまほうぞく》には魔法《まほう》が存在《そんざい》することを秘密《ひみつ》にしつづけ、魔法《まほう》使いには《本》についての秘密《ひみつ》を持ちつづけられるかどうか。儀式《ぎしき》で見られているのはそこだけなんだよ、アリーチェ」

アリーチェは試練に合格《ごうかく》した、とおばあちゃんは言った。

「あたしのときよりも立派《りっぱ》だったよ。本当に読めてないんじゃないかと、心配になったくらいだった」

あのとき、私《わたし》はへまをしたと思っていた。お母さんには「死にたそうな顔してた」と言われたくらいだし。でも、それはほかの《守り手》たちもおなじだったんだ。

おばあちゃんも、その前に儀式《ぎしき》を受けたすべての《守り手》たちも、魔法《まほう》使いが見つめるなかで、自分には読めないはずだと思っていた《まえがき》を目《ま》の当たりにし、頭がパンクしそうになりながら、必死で《本》をめくりつづけたんだろう。

私《わたし》が特別だったわけじゃなかった。

みんな、押《お》しつぶされそうになりながら、秘密《ひみつ》をかかえていたんだ。

なるほどねえ、とガブが笑ってうなずいている。

「《まえがき》とはね。たしかにそこなら、《守り手》だけに読み継《つ》がれるべき秘密《ひみつ》が書き残されていそうだ。ほかの魔法《まほう》使いで、《まえがき》を読めた人間はいるのかな？」

そう言いながら、裏庭《うらにわ》を見わたす。けれど、名乗りをあげる人はいなかった。

「でも、私《わたし》には……ほかのページも読めてしまったよ？」

私《わたし》が言うと、おばあちゃんはうなずいた。

「《まえがき》には、《本》が書かれた経緯《けいい》と、いずれ《本》が書き換《か》えられるであろうタイミングについて書かれてあった」

「《本》が書き換《か》えられるタイミング？」

《白魔術師《しろまじゅつし》》がまゆをひそめた。

「《本》を書き換《か》える？　本当にそんなことが想定されていたの？」

「ええ」

おばあちゃんは、《白魔術師《しろまじゅつし》》に礼儀《れいぎ》正しく答えた。

「あの《本》は、それでなくとも古びていた。それに、魔法《まほう》だって古びていく。時代にそぐわないものも出てくるだろうし、それまでにない、まったく新しいものも出てくると、《本》を作った魔法使《まほうつか》いは予測《よそく》していた」

新しいもの、というところを、テトラを見ながら言った。

テトラはにこっと笑って、おばあちゃんに会釈《えしゃく》した。

「《本》はいずれ書き換《か》えられるものだと、《守り手》なら全員知っていた。ときが来るまで守り伝えるのが、あたしたちの役割《やくわり》だと信じてきた」

「でも、どうやって？」

オルガが声をあげた。

「《本》はだれにも書き写せないでしょ？　そういう呪《のろ》いをかけたくせに。まさか、アリーチェみたいにすべてを読める《守り手》が生まれることも、三百年前の魔法《まほう》使いが仕組んでいたの？」

無茶だ、と、裏庭《うらにわ》に来ていた影《かげ》のひとりが声をあげた。

「そんな魔法《まほう》があるか。三百年もあとに、特定の魔力《まりょく》を持った子どもが生まれるようにする魔法《まほう》？　不確定要素《ふかくていようそ》が多すぎる」

「だいたい、《守り手の一族》は非魔法族《ひまほうぞく》でしょう」

「そのとおりだ。そもそも、なぜ非魔法族《ひまほうぞく》が《本》の一部を読めたんだ？」

魔法《まほう》使いたちがつぎつぎと疑問《ぎもん》を口にしだして、私《わたし》はおろおろした。

ガブは、《予言者》が滅《ほろ》んだことではじまった、テトラと私《わたし》の生まれた理由について演《えん》説《ぜつ》をはじめようとしたけれど、それを制《せい》して、おばあちゃんが口をひらいた。

「《本》を作った三百年前の魔法《まほう》使いは、《呪術師《じゅじゅつし》》と呼《よ》ばれていました」

魔法《まほう》使いたちはいったん議論《ぎろん》をやめ、目を見交《みか》わし合った。

ガブが目を細め、《白魔術師《しろまじゅつし》》がまゆをひそめる。

「《呪術師《じゅじゅつし》》？　きいたことがないわ。《呪術師《じゅじゅつし》の一族》がいたということ？」

おばあちゃんはうなずいた。

「そうです」

「興味深《きょうみ》いな」と、ガブがすました笑顔《えがお》を作った。

「おれは当時を生きた人間と話したことがあるが、《呪術師《じゅじゅつし》》という言葉はついぞきいたことがない。《秘匿《ひとく》の魔法《まほう》》か？　それとも、《本》の呪《のろ》いを強化させるための箝口令《かんこうれい》かな？」

「いいえ、そうではなく……その人は、本当に忘《わす》れてしまったんでしょう」

おばあちゃんは、その場にいる魔法《まほう》使いたちを見わたした。

ひとりひとりと、おばあちゃんは面識《めんしき》がある。魔法《まほう》使いが《本》を読むあいだそばにいて、なにげない言葉のやりとりも無数にかわした。

だからこそ、おばあちゃんは彼《かれ》らにちゃんと向き合おうとしている。

「《呪術師《じゅじゅつし》》は、強い呪《のろ》いを世界全体にかけました。《本》に魔法《まほう》を集約させ、そこから以外はだれも魔法《まほう》を習得《しゅうとく》できない呪《のろ》いを。この呪《のろ》いは強大すぎて、たったひとりの魔法《まほう》使いにかけられるようなシロモノじゃなかった。だから《呪術師《じゅじゅつし》》は、一族の魔力《まりょく》と、子孫が持ちうる魔力《まりょく》をすべて前借りすることで、この魔法《まほう》を成立させたんです。《呪術師《じゅじゅつし》の一族》は存在《そんざい》自体を魔法界《まほうかい》からいっさい忘《わす》れ去られ、一族全員が魔法《まほう》の力をすべて失った。それが……いまでは《守り手の一族》と呼《よ》ばれる、私《わたし》たちの歴史《れきし》です」

その場にいただれもが、息を呑《の》んだ。

私《わたし》も含《ふく》めて。

「つまり、魔法族《まほうぞく》はぜんぶで七つあったたってことかい、バーバラ？」

ガブが喜々《きき》としてたずねた。

おばあちゃんは肩《かた》をすくめてうなずいた。

「そういうことになるね」

私《わたし》はぽかんと口をあけていた。

それって……それって……。

思っていたよりずっと、すごい秘密《ひみつ》だ。

「なるほど、面白《おもしろ》い！　いや、まったくすじのとおった話だ。たしかに《本》の呪《のろ》いは常《じょう》識《しき》から外れすぎてる。一族を犠牲《ぎせい》にするくらいの強い縛《しば》りがないと、あの無茶な呪《のろ》いは成立しないってわけだ。それに、うっすら気になっていたことにも説明がつく」

ガブは私《わたし》とおばあちゃんを示《しめ》した。

「《守り手》がどういういきさつで選定されたか、という謎《なぞ》への答えだ。非魔法族《ひまほうぞく》であればだれでもいいのなら、血にこだわる理由はひとつもない。なのになぜか、《守り手》はずーっと世襲制《せしゅうせい》だった。考えてみると疑問《ぎもん》だらけだ。だが……非魔法族《ひまほうぞく》は掃《は》いて捨《す》てるほどいるが、元魔法族《まほうぞく》の非魔法族《ひまほうぞく》は、たしかにあんたらだけだ」

裏庭《うらにわ》にいた魔法《まほう》使いたちが、どうしてこんな当たり前のことにいままで疑問《ぎもん》を抱《いだ》かなかったのだろう、という顔で、納得《なっとく》したり首をふったりしていた。

だけどたぶん、これも《呪術師《じゅじゅつし》》の呪《のろ》いの一部だったのだろう。当たり前の疑問《ぎもん》に意《い》識《しき》を向けることなく、そういうものとして受け入れてしまう。魔法《まほう》にはそういう作用がある。《常識《じょうしき》》という名の呪《のろ》いは、便利な基礎魔法《きそまほう》のひとつだ。

「《守り手》が……魔法族《まほうぞく》のひとつ？」

私《わたし》は信じられない思いでおばあちゃんを見つめた。

「どうして、言ってくれなかったの？」

「自分で読んで、知ってほしかったんだよ、アリーチェ」

おばあちゃんは私《わたし》の手をにぎり、やさしく言った。

「《まえがき》にはこうも書かれていた。《書き換《か》えるべきときには、数百年分の一族の魔《ま》法《ほう》を集約した者が、我々《われわれ》の一族から生まれ出る。その者が知識《ちしき》を書き写し、この書物の呪《のろ》いを解《と》くことを願う》。あたしはてっきり、あと百年か二百年先の話だと思っていたけれど……あんたのことだったんだね、アリーチェ。とても誇《ほこ》らしいよ」

胸《むね》がいっぱいになった。おばあちゃんがやさしく私《わたし》を招《まね》き寄《よ》せる。

私《わたし》はおばあちゃんに抱《だ》きついた。

おばあちゃんは、私《わたし》に失望してると思っていたけれど、ちがった。

歴史《れきし》の変わり目に立ち会っていることに気がついて、しかも、その歴史《れきし》的な重要人物が自分の孫だということを知って、ぼう然としていたんだ。

「決まりだな」

ことの顛末《てんまつ》を見ていた《錬金術師《れんきんじゅつし》》が、《白魔術師《しろまじゅつし》》に向かってあごをしゃくった。

「アリーチェを軟禁《なんきん》しても《本》の書き換《か》えに有効《ゆうこう》だとは思えない。彼女《かのじょ》は自由にして、魔《ま》法《ほう》使いが自主的に書き換《か》え作業に協力する体制《たいせい》を整えるべきだ。《守り手の一族》に……いや、自分たちを犠牲《ぎせい》にしてまで魔《ま》法《ほう》を守り抜《ぬ》いた《呪術師《じゅじゅつし》の一族》に対する、それがおれたち魔法族《まほうぞく》の礼儀《れいぎ》だろう」

裏庭《うらにわ》がしんと静まりかえった。

ちょっと待ってくれ、と、影《かげ》のひとりが不満げに声をあげる。

「自分の魔法《まほう》を、すべて明けわたさなければならないってのか？　《守り手》の小娘《こむすめ》に？」

「もちろん、納得《なっとく》できない者は協力しなくていい」

《錬金術師《れんきんじゅつし》》はあっさり答えた。

「きいただろ？　アリーチェは《守り手》じゃなく、解呪能力《かいじゅのうりょく》に長《た》けた《呪術師《じゅじゅつし》》だ。自分の魔法《まほう》をひとりで守りたいなら、どうぞご勝手に。だが、孫たちに価値《かち》あるものを残したいなら、魔法《まほう》にかかった呪《のろ》いをきっちり解《と》いてから死ね。これからは、魔法《まほう》使いは血のつながりじゃなく、外の人間を弟子《でし》入りさせることも考えなきゃならない。おれはそうするね。自分の娘《むすめ》と息子《むすこ》には、選択《せんたく》の自由を与《あた》えたい」

魔法《まほう》使いたちは目を見交《みか》わした。

だけどどうやら、《黒魔術師《くろまじゅつし》》の言葉とちがって《錬金術師《れんきんじゅつし》》の言葉には、それなりの説得《せっとく》力があったらしい。ほかに異《い》を唱える者は出なかった。

へんなの、と思った。おなじことを言っているのに、それをだれが言ったかでみんなの反応《はんのう》が異《こと》なるなんて。だけど、ちらりとガブに目を向けたとき、彼《かれ》は心底うれしそうに笑っていたので、私《わたし》はそっと裏庭《うらにわ》の人びとに目を戻《もど》した。

おばあちゃんは目に涙《なみだ》をため、感謝《かんしゃ》をこめて《錬金術師《れんきんじゅつし》》に頭を下げた。

私《わたし》はおばあちゃんの手をにぎり、その場にいた魔法《まほう》使いたちを見回した。

ガブとテトラはにっこりと私《わたし》にうなずきかけている。《白魔術師《しろまじゅつし》》は予言の手紙を読んでからすっかりおとなしくなり、腕《うで》を組みつつも、反論《はんろん》せずにだまりこんでいる。オルガは不安そうな母親のとなりで、うれしそうに両手をにぎりしめていた。

ほかの魔法《まほう》使いたちは、あいかわらずおたがいにささやき合っている。まだどうするか、はっきりとは決めていないのだ。魔法《まほう》使いのなかにも意見に差がある。だけど、さっきまで存在《そんざい》した、敵意《てきい》に満ちた空気はあきらかになくなっていた。

《守り手》に対する魔法《まほう》使いの目つきが変わっていくのを感じた。

都合のいい、便利なコマとしての非魔法族《ひまほうぞく》ではなく。

我《わ》が身を賭《と》して魔法《まほう》を存続《そんぞく》させた、三百年前の偉大《いだい》な魔法《まほう》使いの子孫。

尊敬《そんけい》すべき対等な魔法族《まほうぞく》のひとつだと、認《みと》められたのだ。

なんだか複雑《ふくざつ》な気分だった。

私《わたし》としては、非魔法族《ひまほうぞく》のまま、魔法使《まほう》いたちから対等にあつかってほしかった。

けれど、この人たちにはまだ、むずかしいのかもしれない。魔法使《まほう》いとして上か下かという視点《してん》でしか他人の価値《かち》を測《はか》れない人たちにとって、そもそも非魔法族《ひまほうぞく》は動物とおなじくらいの地位しかない人種なのだ。

まずは、私《わたし》たちが人間だと、この人たちが認《みと》めるところからスタートすればいい。ゆっくり、ほかの非魔法族《ひまほうぞく》も人間なのだと、気がつくきっかけくらいにはなるかもしれない。

もしもそうならなかったら……そのときはまた、がんばってみるしかない。

時間はある。たっぷりと。

うんざりするほどに。

「さてと。なにもかも大丈夫《だいじょうぶ》そうですか？」

そう言ったのはイワサキだった。彼《かれ》の存在《そんざい》をすっかり忘《わす》れていた私《わたし》は、はっとした。

テトラがにっこり笑ってあやまった。

「とつぜん引っぱり出してごめんなさい。おうちに帰すわね。元いたところにしましょうか、それとも故郷《こきょう》に送ったほうがいい？」

「元いたところでお願いします。明日もこの国で商談があるもので。では、魔法使《まほう》いのみなさん。二度と会うこともないでしょう。ごきげんよう！」

テトラが手をふると、イワサキは晴れやかな笑顔《えがお》のまま、すうっと消えていった。

テトラはにこっと笑って、その場にいた人間全員を見わたした。

「おなかすかない？　パンナコッタを食べたい人は？」

XIII 《呪《じゅ》術《じゅつ》師《し》》

テトラは言葉どおり、みんなにパンナコッタをふるまった。

それ以外のものも、たくさん。

意識《いしき》だけ参加していた影《かげ》の魔法《まほう》使いたちはぶつぶつと呪文《じゅもん》を唱えて帰ってしまったけれど、生身で来ていた魔法《まほう》使いは、ほとんど残ってデザートを食べていった。

テトラが手をふると、庭のタイルがぴょこっと持ちあがっておしゃれなテーブルに変わり、ニワトコの木が変形してゆったりした椅子《いす》になり、葉っぱがお皿とスプーンになって、あっというまに宴《うたげ》の準備《じゅんび》が整った。テーブルの上にはパンナコッタだけでなく、テトラの家でふるまわれたキャロットケーキやティ

ラミス、柑橘系《かんきつけい》の甘《あま》いお酒、たったいまエスプレッソを抽出《ちゅうしゅつ》したばかりのマキネッタやお砂糖《さとう》がならんだ。

アウラとニマは慣《な》れたように席につき、きゃあきゃあ笑いながら食べ物に手を伸《の》ばした。一瞬《いっしゅん》、人びとはためらった――信用のおけない魔法《まほう》使いの出す食べ物は、むしゃむしゃ食べるもんじゃない。どんな魔法《まほう》がかかっているかわからないから――けれど、《錬金術《れんきんじゅつ》師《し》》が平気な顔でアウラとニマのとなりに腰《こし》かけると、おっかなびっくりしながらちらほらと席につき、しばらくするとあちこちから笑い声があがった。

思わず笑っちゃうくらい、テトラの出したデザートはおいしかった。

テトラに引っぱり出されたせいで帰りの足がない《白魔術師《しろまじゅつし》》は、途方《とほう》に暮《く》れたようにその場につつ立っていた。そこへ、ガブがにやつきながら近づいていった。

「きみもゆっくりしていったらどうかな？　ほら、おれたち、生まれや家業のことはちょっと忘《わす》れて、おたがいを知るべきだと思うんだよ」

《白魔術師《しろまじゅつし》》は顔を真っ赤にさせて、ついでに髪《かみ》の毛まで逆立《さかだ》てた。

魔法《まほう》使いが本気で怒《おこ》ると、本当に髪《かみ》の毛が上向きにあがるんだよね。ただし《白魔術《しろまじゅつ》師《し》》の場合は怒《いか》りじゃなくて、べつの感情《かんじょう》だったのかもしれないけれど。

「けっこうよ！」

そう言って、にやにやしているガブを尻目《しりめ》に、《白魔術師《しろまじゅつし》》は裏口《うらぐち》に向かってずんずんと歩いていってしまった。まだ残っていた影《かげ》のひとつが《白魔術師《しろまじゅつし》》を追いかけて、あんたのためにホウキを送ってやろうかと持ちかけている。その声をきいて、さっきオルガとたずねていった《呪具師《じゅぐし》》だ、と気がついた。

あいかわらず、商魂《しょうこん》だけはたくましい。

オルガに誘《さそ》われて私《わたし》もテーブルにつこうとしたとき、お母さんがこちらに歩いてきたのが目に入った。オルガは気をきかせて、「先にすわってるね」と笑った。

私《わたし》は感謝《かんしゃ》しながらオルガの手を軽くにぎってはなし、おばあちゃんの手を取ってお母さんのほうへ歩いていった。

お母さんは、ぎゅうっと私《わたし》とおばあちゃんを抱《だ》きしめた。

「つまり、私《わたし》は魔女《まじょ》だったのね？」

お母さんが苦笑いしながら言うと、おばあちゃんは肩《かた》をすくめた。

「魔法《まほう》使いが苦手な娘《むすめ》に、その真実は言い出しにくくてね」

「まあ、仕方ないか。愛する娘《むすめ》が三百年ぶりの大魔法《まほう》使いだとわかっちゃ、きらいだなんて言ってられないし」

そう言って、私《わたし》の頭にキスをする。

なんだか気がぬけて、思わず笑ってしまった。

「私《わたし》、そうなの？　ほんとに魔法《まほう》使いなの？」

「そうでしょ」

お母さんは《錬金術師《れんきんじゅつし》》をちらりと見ながら言った。

「あの人のことは信用してる。知ってる？　大学の先生なんですって！　ほかの魔法《まほう》使いとちがって、とっても地に足がついた、まじめな職業《しょくぎょう》だわ！」

《錬金術師《れんきんじゅつし》》の家にも、魔法《まほう》の呪具《じゅぐ》や、錬金術《れんきんじゅつ》の研究室があるんだけれど……とは、お母さんには言わないでおいた。せっかく上がった株《かぶ》を、わざわざ下げることはない。

なるほど、私《わたし》はたしかに《守り手の一族》に向いているんだろうなと思った。

言わないでいいことは、だまっている。

三百年間、私《わたし》のご先祖《せんぞ》たちはそうやって生きてきたのだ。

「これから……なにもかも、変わっちゃうのかな」

私《わたし》が不安を口にすると、おばあちゃんが「なにもかも変わるだろうね」と言うのと、お母さんが「なにも変わらないわよ」と言うのがそろった。

ふたりは顔を見合わせて、笑った。

「あたしが教えてきた《守り手》の仕事は変わるよ、なにもかも。表面的な部分はね」

「でも、私《わたし》たちはなにも変わらないわ、アリーチェ。なにひとつ。私《わたし》たちは家族で、あなたは大切な娘《むすめ》なの」

私《わたし》はふたりをまじまじと見た。

私《わたし》、おばあちゃんとお母さんは、本当は仲が悪いのかと思っていた。でも、本当にそりが合わなかったら、お母さんはとっくにこの家を出て行ったはずだよね。

「つまり、心配することはなにもないってことよ」

「……うん。信じるよ。とりあえず」

「なによそれ。母親には全幅《ぜんぷく》の信頼《しんらい》を寄《よ》せなさい！」

「それはどうかな。ま、様子見でね」

「まったく、生意気な孫だね。まあ、娘《むすめ》は母親に似《に》ると言うから、仕方ないか」

私《わたし》たち三人は、そろってあははと笑った。

おばあちゃんとお母さんと私《わたし》は、ならんでテーブルについた。テトラの家の子が作ったというパンナコッタは、いままで食べたお菓子《かし》のなかでいちばんおいしかった。

《錬金術師《れんきんじゅつし》》は、こんなものを作れるならすぐにでも町で店を出せると請《う》け合い、テトラはうれしそうに「本人に伝えるわ」と笑顔《えがお》になった。

オルガはアウラとニマに向かって魔法族《まほうぞく》の歴史《れきし》についてあれこれ教えはじめ、双子《ふたご》は興味津々《きょうみしんしん》できいっていた。オルガの母親が「我《わ》が家の秘密《ひみつ》まで《契約者《けいやくしゃ》》に教えないで！」と悲鳴をあげるたび、オルガは楽しそうにそれを無視《むし》した。

《黒魔術師《くろまじゅつし》》は食事に参加しなかった。ガブはこれまでの人生で、視覚《しかく》や聴覚《ちょうかく》以外にも、いろいろなものを失っている。他人を安心させるために魔法《まほう》で食べるふりをすることはあっても、純粋《じゅんすい》な楽しみのために食事をとることはない。

代わりに、ガブは私《わたし》の向かいに陣取《じんど》って手を組み、にっこり笑った。

「さて、アリーチェ。とりあえずおめでとう。第一関門は突破《とっぱ》というところだな」

お母さんがわかりやすく敵意《てきい》に満ちた目を向け、おばあちゃんはそれとなく警戒心《けいかいしん》をもだしている。私《わたし》はふたりに「大丈夫《だいじょうぶ》だから」とことわって、《黒魔術師《くろまじゅつし》》に笑いかけた。

「どうもありがとう、ガブ。感謝《かんしゃ》してる。契約《けいやく》はしないけど」

「それでいい。きみはどうやら非魔法族《ひまほうぞく》ではなかったようだから、魂《たましい》を取るのはもったいない」

ガブはにやりと笑った。

私《わたし》はつられて笑いつつも、本当はあきれていた。

まったく。わざわざそんな言い方をするから、だれにも信用されないんだよ。

でも、この人のことだから、わかっててやってるんだろうな、とも思った。《黒魔術《くろまじゅつ》師《し》》は、人から信用されないくらいがちょうどいいのだ。

「それにしても、《呪術師《じゅじゅつし》》か。言葉の響《ひび》きだけで判断《はんだん》するなら、きみたちの一族はおれの一族と近い関係にありそうだな」

私《わたし》はうなずいた。

私《わたし》も、ちょっとそんな気はしていたんだ。

むしろ、《呪具師《じゅぐし》》よりも《呪術師《じゅじゅつし》》のほうが、黒魔術《くろまじゅつ》っぽさを感じる。一族の魔力《まりょく》を犠牲《ぎせい》にした、という情報《じょうほう》も、魂《たましい》や体の一部を犠牲《ぎせい》に使う黒魔術《くろまじゅつ》とそっくりだ。

これまで、《呪《のろ》い》には専門性《せんもんせい》がないと思われてきた。どの家の魔法《まほう》使いでも少しなら使えるような、簡単《かんたん》な基礎魔法《きそまほう》だと思われていたんだ。たとえるなら、だれもが歌える鼻歌みたいなもの。大仰《おおぎょう》な音楽の知識《ちしき》がなくたって、気づいたときに口ずさめるような。

意外にきこえるかもしれないけれど、《白魔術師《しろまじゅつし》》でさえ《呪《のろ》い》を使う。

たとえば、悪い道に落ちてしまいそうな人間に「あなたはそんな人じゃないはずだ」と諭《さと》すとき、そのはげましの言葉そのものが、人を縛《しば》る《呪《のろ》い》となる。

だけどおばあちゃんの話が本当なら、《呪《のろ》い》はもともと私《わたし》たち家族があつかっていた専門《せんもん》分野だったんだろう。《呪術師《じゅじゅつし》》が人びとの記憶《きおく》から消えた代わりに、ほかの魔法族《まほうぞく》にうっすらと浸透《しんとう》していったのかもしれない。

「アリーチェは黒魔術《くろまじゅつ》とは関係ないわ。この子は呪《のろ》いじゃなくて、解呪《かいじゅ》の魔法《まほう》しか使えないんだから。ね、そう言いましたよね？」

お母さんがテーブルの向こうにすわっていた《錬金術師《れんきんじゅつし》》に声をかける。

《錬金術師《れんきんじゅつし》》は口のなかに入っていたものをあわてて飲みこみ、さあ、と肩《かた》をすくめた。

「確証《かくしょう》はない。そういうふうに仮定《かてい》できるってだけだ。検証《けんしょう》しないことには、科学的な根《こん》拠《きょ》にはならないだろう」

「魔法《まほう》にも、科学的な根拠《こんきょ》ってあるのね」

オルガが皮肉をこめて言う。《錬金術師《れんきんじゅつし》》はむっとして、オルガの母親に文句《もんく》を言った。

「おたくの娘《むすめ》さん、しつけがなってないぞ」

「私《わたし》には、もうなにも……」

オルガの母親は反抗期《はんこうき》のはじまった娘《むすめ》をなげくように、両手に顔をうずめた。

私《わたし》のお母さんが、なぐさめるようにぽんぽんとオルガの母親の肩《かた》をたたく。だけどお母さんだって、いつもオルガの母親の悪口を言っていたくせに。

「使える魔法《まほう》が解呪《かいじゅ》だけだろうが、呪術《じゅじゅつ》にはちがいない。《呪術師《じゅじゅつし》》が具体的にどんな魔《ま》法《ほう》使いだったのかは不明だが、まあ、楽観的に考えよう。三百年前の偉大《いだい》な魔法《まほう》使いとやらは、《本》を解呪《かいじゅ》したあとに呪術《じゅじゅつ》が復活《ふっかつ》する道も、どっかに残してるだろうさ」

ガブは気楽に言った。

「それに、アリーチェの使える解呪《かいじゅ》というものにも、がぜん興味《きょうみ》があるね。つまり、その解呪《かいじゅ》とやらは、はたしてどこまで通用するのか？　《本》に関する呪《のろ》いだけ？　それとも、応用《おうよう》すればほかの魔法《まほう》を無効化《むこうか》することもできるのか？　最近あらわれた、異様《いよう》に強力な魔法《まほう》にも、対抗《たいこう》しうるのか」

そう言って、ガブはにやりとテトラを見た。テトラはガブの視線《しせん》に気づいて、にこにこしながら甘《あま》いお酒をすすった。

私《わたし》はぎこちなく、あは、と笑い返した。

「テトラは、その……呪《のろ》いじゃないよ？」

「そいつはわからない。まだ彼女《かのじょ》の魔法《まほう》には名前がついてないからな」

ガブは笑った。

「世界がきみを生み出した過程《かてい》を考えれば、その可能性《かのうせい》にも言及《げんきゅう》すべきだろう？　新しい魔法族《まほうぞく》が世界を破滅《はめつ》させる厄災《やくさい》になりえるなら、それを食い止める存在《そんざい》が生まれてきたと考えるのは至極《しごく》当然だよ。ちがうかな？」

そこにいた魔法《まほう》使いたちの目が、自然と私《わたし》に向いた。期待するような目つきだ。

えっと。

テトラはにこにこしながらエスプレッソに砂糖《さとう》を九個《こ》くらい入れてぐるぐるかきまぜている。この魔法《まほう》使いに自分が対抗《たいこう》できるかもしれないなんて、これっぽっちも想像《そうぞう》つかないけれど……とりあえずここは、笑ってごまかすか。

「ともかく、おれの家族は《呪術師《じゅじゅつし》》アリーチェの魔法《まほう》のききとりに協力することをここに誓《ちか》う。きみたちの一族とは末永《すえなが》く懇意《こんい》にしたい。引きつづきね」

その言い方に、私《わたし》ははっとした。

ガブがはっきりとそう明言しなければならないほど、状況《じょうきょう》はあいまいなのだ。
丸く収《おさ》まったような雰囲気《ふんいき》にはなっているけれど、ガブの言うとおり。私《わたし》はまだ第一関門を突破《とっぱ》したにすぎない。

魔法《まほう》使いたちは、すぐに自分たちの魔法《まほう》を明けわたそうなんてしないだろう。これから一族同士《どうし》で話し合いをするだろうけれど、最初はみんな、二の足を踏《ふ》むにちがいない。

私《わたし》に魔法《まほう》をききとらせるということは、自分たちの武器《ぶき》にもなる魔法《まほう》を、ほかの魔法《まほう》使いに明けわたすってことだ。

私《わたし》が魔法《まほう》を書き写せば、その魔法《まほう》はほかの魔法《まほう》使いにも理解《りかい》できるようになる。魔法《まほう》が簡単《かんたん》だったり、親和性《せい》があったりすれば、その人にも使えるようになるのだ。つまり、私《わたし》に協力すればするほど、魔法《まほう》使いはほかの魔法《まほう》使いに対して弱くなり、それだけ滅《ほろ》ぼされるリスクが高くなる。

いままでは、《守り手》がバランスを保《たも》っていた。

魔法族《まほうぞく》がどんなに腹《はら》の内を探《さぐ》り合っていても、《守り手》が《本》を持っていたから、みんながまんしていたのだ。《守り手》の儀式《ぎしき》の日にはこの裏庭《うらにわ》に集まって、本当は殺《ころ》したくてたまらない相手がいたとしても、うわべでは仲良くお酒を飲みかわしながら、皮肉を言い合うくらいですましていた。

だけどこれからは、魔法《まほう》使いが一族を超《こ》えて交流する機会は減《へ》るだろう。

《守り手》はいなくなり、私《わたし》たちは《呪術師《じゅじゅつし》》として魔法族《まほうぞく》に数えられるようになった。

中立の人間が消え、このまま魔法族《まほうぞく》が対立し合う構図《こうず》になってもおかしくない。

「さっきも言ったとおり、おれも錬金術《れんきんじゅつ》について知りうるかぎりのことを明けわたすつもりだ。知識《ちしき》はどんどん共有して、高め合うべきだと思っている」

《錬金術師《れんきんじゅつし》》が言い、私《わたし》もそうする、とオルガがつづいた。

「オルガ！　なんてことを言うの？　あなたは――」

「お母さんも、そうして。もしも私《わたし》の信用を取り戻《もど》したいなら」

ああ！　とオルガの母親が悲鳴をあげ、私《わたし》はこまった顔で笑いながら、申し出てくれたふたりにお礼を言った。

それから、私《わたし》はテトラを見た。

「もしも協力してくれるなら、あなたにもお願いしたい。テトラ」

テトラはにっこりしながら、頬杖《ほおづえ》をついた。

「でも、私《わたし》は魔法《まほう》使いとは認《みと》められていない。そうじゃなかったっけ？」

テトラはガブ以外の魔法《まほう》使いたちをひとりひとりじっと見つめた。どの魔法《まほう》使いも、さっと目をそらしたり、居心地《いごこち》悪そうにお茶をすすったりしている。

「《白魔術師《しろまじゅつし》》には、な」

《錬金術師《れんきんじゅつし》》が答えると、テトラは興味《きょうみ》深げに首をかしげた。

「連中は頭が固いから最後まで認《みと》めないだろうが、白魔術《しろまじゅつ》とゆかりの深い魔法族《まほうぞく》はほかにもある。《予言者》と《祈祷師《きとうし》》だ。《祈祷師《きとうし》》の娘《むすめ》はあんたを認《みと》めているみたいだし、《予言者》は予言のなかで、あんたのことをはっきり魔女《まじょ》だと書いていたはずだが？」

《錬金術師《れんきんじゅつし》》がそう言うと、テトラはくすくす笑った。

はじめて、たくさんの魔法《まほう》使いにかこまれて、しかも自分に敵意《てきい》か政略結婚《せいりゃくけっこん》の打診《だしん》以外のものを向けられているとわかって、テトラはうれしそうだった。

ひとしきり笑って満足そうに息をつくと、テトラは私《わたし》に目をやった。

「書き写せそうな呪文《じゅもん》とか、記号とか、体の動き？　そういうのがないの。いつも感覚的にやっていたから。自分で新しい魔法《まほう》を考案したら教えに来るわ。それでいい？」

「大歓迎《だいかんげい》」

私《わたし》はにこっと笑った。決まりだね、とテトラは笑った。

「じゃあ、帰る前にこの家に守りの魔法《まほう》をかけていくよ。なんだかこれからぶっそうになるかもしれないし、私《わたし》がほとんど取り払《はら》っちゃったし？」

エスプレッソを飲んでいたおばあちゃんがとつぜん立ちあがり、テトラの横に歩いていって、彼女《かのじょ》の手を取った。私《わたし》はびっくりして、なにがはじまるんだろうと不安になった。

「ありがとう。そして、許《ゆる》してちょうだい。長いあいだ、本当に申し訳《わけ》なかったね」

テトラはぽかんとしておばあちゃんを見つめた。

それから、気恥《きは》ずかしそうに髪《かみ》を耳にかけ、ちょっと笑って言った。

「ううん、いいよ。気にしてないから」

あ、そっか、と私《わたし》は気づいた。

テトラは、大人がこわいんだ。

だれよりも強いのに、気を許《ゆる》せるのは子どもたちだけ。おばあちゃんのような見た目の人に受け入れられたことが、これまで一度もないんだ。

おばあちゃんは、力いっぱいテトラを抱《だ》きしめた。自分の娘《むすめ》みたいに。

「本当に、ごめんなさいね。どうか、つぐなわせてちょうだい」

テトラは顔を真っ赤にして、しぱしぱとまばたきをくり返し、こまりはてたように私《わたし》を見た。私《わたし》はこくっとうなずいて、抱《だ》きしめるようなジェスチャーをした。テトラはそれで、わかったみたい。長い腕《うで》を回して、おばあちゃんにハグを返した。

「あなたも、おつかれさま。たいへんだったね」

XIV 魔《ま》法《ほう》使いの《守り手》

あの夜から、いろんなことが変わった。

まず、私《わたし》とオルガは、学校でいちばんの親友同士《どうし》になった。

友だちはみんな、急に仲良くなって冗談《じょうだん》を言い合うようになった私《わたし》たちにおどろき、どうしちゃったのとか、なにが起きたのと問い詰《つ》めてきた。

私《わたし》とオルガは顔を見合わせて、にやりと笑って声をそろえた。

「ひみつ！」

お父さんとお母さんは、家の改装《かいそう》仕事にせいを出した。

おもて向きの本屋さんはしばらくお休み。私《わたし》たちは家の真ん中の部屋から本をごそっと引っぱり出して、裏庭《うらにわ》にならべて虫干《むしぼ》しした。そのあいだに、お父さんは魔法《まほう》使いが待つための小部屋と、《本》の部屋のあいだの壁《かべ》をぶちぬいた。

大工仕事には、近所に住むオルガの父親や、アウラとニマも作業服を着てあらわれた。ちょっと意外だった。魔法《まほう》使いになりたくてガブに魂《たましい》まで売ったふたりは、いかにも非《ひ》魔法族《まほうぞく》のする仕事なんて、手伝いたくもないんじゃないかと勝手に思っていたからだ。うっかり当人たちにそう言うと、ふたりは憤慨《ふんがい》したように鼻の穴《あな》をふくらませた。

「バカにしないで。あたしたち、たたきあげの魔法《まほう》使いなのよ」

「生まれつきの魔法《まほう》使いには、こんなことできないでしょうよ！」

それから、みんなで壁《かべ》を取り払《はら》い、壁紙《かべがみ》を貼《は》り替《か》え、床《ゆか》のタイルをきれいに張《は》り替《か》えた。いままで《守り手》と魔法《まほう》使いだけが入ることの許《ゆる》された部屋は、だれもが自由に入れる広い部屋にさま変わりし、新しい本棚《ほんだな》に本を配置し直していった。

この広くなった部屋で、私《わたし》は新しい仕事をはじめた。魔法《まほう》使いから魔法《まほう》をききとり、紙に書き起こして、《本》の呪《のろ》いをひとつずつ、解《と》いていくのだ。

魔法《まほう》使いには、いまの時点で人に明けわたしてもいいと思える魔法《まほう》を話してもらう。ページがたまったらお父さんの知り合いの出版社《しゅっぱんしゃ》に送って編纂《へんさん》してもらい、印刷所に回す話が進んでいる。おそらく最初の一冊《さつ》は、百ページにも満たない本になるだろう。ぺらっとした表紙の、手作り感満載《まんさい》の本になるはずだ。

最初の本は、魔法族《まほうぞく》の家にじゅうぶんわたるくらいの部数にする。百部か、二百部くらい。

でも、そういう本を三冊《さつ》くらい作れたら、もう一度編纂《へんさん》し直して、今度は表紙のついた、厚《あつ》みのある本に作り直す。そういう本が三冊《さつ》作れたら、また三冊《さつ》分を編纂《へんさん》して、今度は革《かわ》表紙《びょうし》くらいつけたい。そうやって少しずつ厚《あつ》みを増《ふ》やし、完成形に近づけていく。

その作業と並行《へいこう》して、非魔法族《ひまほうぞく》向けに本を書きたいと思っている。ふつうの本屋さんに置く、ふつうの本だ。どこにでもあるような、魔法《まほう》使いが出てくる冒険《ぼうけん》物語の本。

そのなかに、ひとつだけ本物の呪文《じゅもん》をまぎれこませておくのだ。

それを読んだ人が、書かれた呪文《じゅもん》を思わず唱えてみたくなるように。作り話だとわかりつつ、もしかして自分にも使えるかもしれないと、ちょっとだけ期待しながらつぶやいてみる魔法《まほう》を、ひとつだけ書いておく。

ほとんどの人にとっては、その呪文《じゅもん》はただの言葉の連なりで終わるだろう。だけど百人にひとりかふたり、本当に魔法《まほう》を使える人が出てくるはずだ。

その人のために、最後のページには私《わたし》の連絡先《れんらくさき》をのせておく。魔法《まほう》使いの弟子になる気があるなら、私《わたし》がぴったりの魔法《まほう》使いを紹介《しょうかい》するんだ。

これは、ずっと先の話になるだろう。まずは、思わず呪文《じゅもん》を唱えたくなるような、面白《おもしろ》い話を書かなくちゃならないし。

だけど、魔法《まほう》を使えて、しかも魔法《まほう》をもっと覚えたいという人がいるなら、私《わたし》はその人の力になりたい。魔法《まほう》使いにあこがれる気持ちは、だれよりわかるつもりだから。

非魔法族《ひまほうぞく》出身の魔法《まほう》使いは、きっとこれから増《ふ》えていく。

少しずつ、着実に。

その人たちのためにも、新しい魔法《まほう》の本を書き残さなくちゃならない。

だけど、すべての魔法《まほう》を一冊《さつ》にまとめるつもりはない。

魔法《まほう》のなかには、おおぜいの人間には知らせるべきじゃない、と魔法《まほう》使いが訴《うった》える魔法《まほう》だってあるだろう。だれかれかまわず教えるつもりなら、アリーチェのききとりには協力できない、と言い出す魔法《まほう》使いだって、きっといる。

魔法《まほう》は、品行方正で清らかなものばかりじゃない。

本当に危険《きけん》で、おそろしくて、邪悪《じゃあく》な魔法《まほう》は、《本》を保管《ほかん》していたキャビネット棚《だな》に入れておくつもりだ。

そういう魔法《まほう》も、いずれページがたまったら一冊《さつ》の本にするつもりでいる。だけどその魔法《まほう》はやっぱりキャビネット棚《だな》に入れて、だれにも見せずにとっておく。なかったことにはしない。ちゃんと次の世代のために、とっておく。

そう決めたのは、ガブが私《わたし》にこんこんと説明したからだ。

ガブは、黒魔術《くろまじゅつ》だってこの世には必要だ、とまじめな顔で言った。

「想像《そうぞう》してみろ。白魔術《しろまじゅつ》だけが生き残った世界を。混沌《こんとん》を認《みと》めず、秩序《ちつじょ》と平和だけを第一とする世界。そんな世界になったら、新しいことは認《みと》められず、ルールだらけで、少しでも外れ者とみなされた人間は、説得《せっとく》か洗脳《せんのう》か追放の対象《たいしょう》になるだろうさ。そいつはダメだ。とてもよくない。邪悪《じゃあく》だとしか思えないような魔法《まほう》も、どこで人の役に立つかわからない。つまりなにが言いたいかというと、どんなに残虐《ざんぎゃく》な魔法《まほう》でも、もったいないからいちおう取っておけ」

はじめのうちは、そんな魔法《まほう》はだれも私《わたし》なんかに教えには来ないだろう。ガブ以外。

それも、ちゃんとわかってる。

便利で、使いやすくて、それほど専門性《せんもんせい》がなくて、だけど若《わか》い魔法《まほう》使いたちには残しておきたいもの。そういう魔法《まほう》を、魔法《まほう》使いは私《わたし》に教えにやって来る。

家を改装《かいそう》してからしばらくして、ちらほらと魔法《まほう》使いたちがたずねて来るようになった。

ガブやオルガや《錬金術師《れんきんじゅつし》》やほかの魔法《まほう》使いたちは、多いときはひっきりなしに、それこそ毎晩《まいばん》やって来た。私《わたし》は、魔法《まほう》使いがまくし立てる知識《ちしき》を紙に書き付けるだけで息切れしそうだった。

魔法《まほう》使いは、人の書くスピードに合わせて話すのに慣《な》れていない。

ちょっと待って、もう一回、とたのむたびに、相手がイライラしているのがわかって、頭がパンクしそうだった。数か月もすると私《わたし》は自分なりの速記法を考案して、とにかくはやく書き、読みやすさはあと回しにした。おかげで私《わたし》の書いたものはだれにも読めなくなってしまった。学校が休みの日に時間を取って、自分の書いた乱雑《らんざつ》なメモをていねいに清書した。でないと、《本》にかかった呪《のろ》いを解《と》くことにならないからだ。

おばあちゃんは私《わたし》を手伝いたがった。でも、私《わたし》が断固拒否《だんこきょひ》した。

「おばあちゃんは、魔法《まほう》使いのためにじゅうぶんすぎるくらい働いたでしょ。これからは、ゆっくり休んでほしいの」

それでもおばあちゃんがちっとも休もうとしないので、私《わたし》はテトラに相談した。テトラをたよったのは、彼女《かのじょ》がすっかりおばあちゃんを気に入ったことに気づいたからだ。

テトラにとって、おばあちゃんくらいの年の女の人は、頭が固くて魔法《まほう》なんか信じない人ばかりだったみたい。だから、魔法《まほう》が使えるというだけでテトラを気味悪がらないおばあちゃんを、子どもたちとおなじくらい、好きになったらしい。

テトラは月に一度、おばあちゃんを旅に誘《さそ》うようになった。南の島や雪国、東のはてや砂漠《さばく》の国なんかに連れだって行くらしい。

これまで《守り手》の仕事のために新婚《しんこん》旅行さえしたことのないおばあちゃんは、はじめこそ気乗りしない様子だったけれど、数回目の旅のときには旅行バッグにトランプやお酒を詰《つ》めこみ、サングラスをかけてテトラの到着《とうちゃく》を待っていたもんだから、私《わたし》とお母さんはいっしょになってくすくす笑ってしまった。

ききとる仕事が忙《いそが》しくなくなったら、私《わたし》も旅に同行したいなと言ったら、おばあちゃんはちょっと不満げな顔をして私《わたし》に言った。

「アリーチェは、オルガと遊びに行ったらどうだい？　おたがい、友だち同士《どうし》でさ」

それをきいて、思わず笑っちゃった。

おばあちゃんにとって、テトラは娘《むすめ》や孫じゃなくて、純粋《じゅんすい》に《友だち》だったんだから。

ききとる仕事のほうは、ひとり意外な来客があった。

半年もしないうちに、《白魔術師《しろまじゅつし》》がやって来たんだ。

「黒魔術《くろまじゅつ》ばかり人びとの手にわたっては、大問題ですからね」

背《せ》の高い《白魔術師《しろまじゅつし》》は、高飛車にそう言った。

ほんとびっくり。この人は、向こう十年は来てくれないものだと思っていたから。

白魔術《しろまじゅつ》は、清らかで善性《ぜんせい》で、人の役に立つような便利なものばかりだった。癒《いや》しの魔法《まほう》、心に平穏《へいおん》を与《あた》える魔法《まほう》、邪悪《じゃあく》なものを退《しりぞ》ける魔法《まほう》……。

「……日常《にちじょう》的に、これらの魔法《まほう》を使おうとはしないんですか？」

おそるおそるたずねると、《白魔術師《しろまじゅつし》》はむっとしたように私《わたし》をにらんだ。

「この魔法《まほう》を使っているから、私《わたし》はこのくらいですんでいるのよ」

なるほど。

たしかに、広めるべき魔法《まほう》だな、と思った。

《白魔術師《しろまじゅつし》》は私《わたし》の家にいるあいだじゅう、そわそわと落ち着かなかった。

たぶん、ガブが来ることを期待してたんじゃないかな。

このあいだ、ガブに「テトラのように《白魔術師《しろまじゅつし》》にも求婚《きゅうこん》するつもり？」ときいたら、にやりと笑って教えてくれた。

「まさか。あっちがおれを好いていて、おれがそれを知っていて、そのことをあちらも知っているんだぜ？　待ってりゃ向こうから動くさ」

うん、ガブはけっこう当たってるかも。

そわそわしながら帰っていく《白魔術師《しろまじゅつし》》を見送りながら、私《わたし》はそんなことを思った。

もしも《白魔術師《しろまじゅつし》》と《黒魔術師《くろまじゅつし》》が結婚《けっこん》なんかしちゃったら、魔法界《まほうかい》はいったいどうなってしまうんだろう？　きっと、魔法《まほう》使いたちの考え方がまるきり変わってしまうにちがいない。力のバランスや関係図ががらっと書き換《か》わるはずだ。

まあ、ふたりがどうなるかは、ぜんぜんわからないけれど。

ガブは面白《おもしろ》がっているように見えるけれど、《白魔術師《しろまじゅつし》》のことをじっさいどう思っているかは、ちっとも教えてくれないし。アウラとニマにたずねてみても、「父親とはいえ、他人のプライベートに口を出すような人間じゃないの。おあいにくさま」なんて、つれない答えしか返ってこなかった。

毎晩《まいばん》のようにたずねてくる魔法《まほう》使いたちを部屋に通し、順番に魔法《まほう》をききとる。

そして、私《わたし》が魔法《まほう》を書き写す。

清書したものをだれかが読めば、その瞬間《しゅんかん》、魔法《まほう》は世界に解《と》き放たれる。

読むのはだれでもいい。それこそ、私《わたし》のお父さんでもかまわない。

だれかが読んだその瞬間《しゅんかん》から、魔法《まほう》使いが呪文《じゅもん》を唱えれば、そばにいた人にはなにを言っているのかききとれるようになるし、私《わたし》に教えた魔法《まほう》使いは、自分でも魔法《まほう》を書き残すことができるようになる。言葉にしたり、日誌《にっし》やメモや本に書いたりして、人に伝えることができる。

これは《錬金術師《れんきんじゅつし》》とオルガの助けを得《え》て、何度も検証《けんしょう》した結果、たしかに正しいとわかったことだ。

私《わたし》が、《本》の呪《のろ》いを解《と》いている。

世界にかけられた呪《のろ》いが、ひとつずつ、少しずつ、解《と》けていく。

《本》には、いま生きている魔法《まほう》使いのだれにも読めないページもあっただろうね、とオルガは言った。私《わたし》もそう思う。

予言についての記述《きじゅつ》や、呪術《じゅじゅつ》の記述《きじゅつ》。それから、親和性《せい》がなかったせいでだれにも読めなかった、こまごまとした呪文《じゅもん》や記号やレシピはたくさんあったはず。そう都合よくすべてのページを再現《さいげん》できるとは思わない。それに、私《わたし》に明けわたすくらいならと、魔法《まほう》といっしょに死を選ぶ魔法《まほう》使いだっているだろう。そんな人を、私《わたし》は責《せ》められない。

永遠《えいえん》に失われてしまった魔法《まほう》はたくさんある。テトラが《本》を燃《も》やしたあの瞬間《しゅんかん》に。

だけど、新しく生まれてくる魔法《まほう》だってある。だからきっと大丈夫《だいじょうぶ》だ。魔法《まほう》はつづく。

自然は空白をきらう。世界がそれをのぞんでいるんだ。

私《わたし》は、自分がとても誇《ほこ》らしい。

自分の大好きな人たちのために、大切な役目を担《にな》っている。

魔法《まほう》を守り、あとに伝える。これ以上ない、名誉《めいよ》な仕事だ。

今日も私《わたし》は魔法《まほう》使いを部屋に通して、紙とペンを手に、ななめにすわって相手を見る。

感謝《かんしゃ》の気持ちを伝えるために、にっこり笑ってビスケットをすすめながら「今日は来てくれてありがとう」とお礼を言う。

それから、お決まりの言葉を言うのだ。

六歳《さい》のとき、無邪気《むじゃき》に《黒魔術師《くろまじゅつし》》に言ってしまった言葉、そのままを。

「私《わたし》に魔法《まほう》を教えてくれない？」

長谷川まりる

MARIE-LOU HASEGAWA

作家。長野県生まれ東京都育ち。『お絵かき禁止の国』で講談社児童文学新人賞佳作、『かすみ川の人魚』で日本児童文学者協会新人賞、『杉森くんを殺すには』で野間児童文芸賞を受賞。その他の作品に『満天inサマラファーム』『キノトリ／カナイ 流され者のラジオ』『砂漠の旅ガラス』『呼人は旅をする』などがある。

松井あやか

AYAKA MATSUI

イラストレーター、デザイナー。岐阜県生まれ。名古屋造形大学卒業。2023年TIS公募、JIA Illustration Award 2023銀賞受賞、2024年度ボローニャ国際絵本原画展入選。現在、名古屋造形大学非常勤講師。TIS会員。

BOOKDESIGN

ALBIREO

ALICE AND
THE GRIMOIRE

アリーチェと魔法《まほう》の書《しょ》

2025年4月8日　初版発行

作者　長谷川まりる
画家　松井あやか

発行者　松岡佑子
発行所　株式会社静山社
〒102-0073 東京都千代田区九段北1-15-15
電話 03-5210-7221
https://www.sayzansha.com

印刷・製本　中央精版印刷株式会社

編集　荻原華林

ISBN978-4-86389-901-8 Printed in Japan

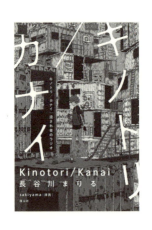